◇• エリック •◇
アティの婚約相手であり、
乙女ゲームではメイン攻略対象だった。
◇• アティ •◇
セレーネが嫁いできた侯爵家の令嬢。
乙女ゲームでは後に悪役令嬢となる。

「なかが、しろいっ」

アティは沈丁花《ウィンターダフネ》を指さし、私の方へと振り返った。

「本当だ！　蕾は赤かったのに、咲くと白いね！」

……勿論私はソレを知っていたけど。

でも、驚きは共有したいよね！

蝶が次々に花の蜜を吸うかのように、
木々の間をパタパタと移動しては花を覗き込むアティ。

まるでアティが踏み出した第一歩を祝うかのように、
少し強い風が吹き遊び、沈丁花《ウィンターダフネ》の香りを舞い広げていた。

うぃんたーだふね

悪役令嬢の継母に
転生したので
娘を
幸せにします、
力尽くで。
牧野麻也
Illust
春野薫久

口絵・本文イラスト：春野薫久
デザイン：ムシカゴグラフィクス

CONTENTS 目次

プロローグ

確信を持ったのは、結婚後《けっこんご》だった。

自分が、乙女《おとめ》ゲームの世界に転生している事を。
目の前にいる小さく可憐《かれん》な美少女——結婚相手の連れ子——が、その乙女ゲームで非業《ひごう》の最期《さいご》を遂《と》げる運命にある、悪役令嬢《れいじょう》である事を。

そして、私はその悪役令嬢の継母《ままはは》になった事を。

＊＊＊

ぶっちゃけ、転生前の自分の名前なんて覚えていない。
っていうか、前世の記憶《きおく》自体そんなに明確に覚えてない。
今の名前はセレーネ。
ただのセレーネ。

結婚した私は、前の苗字《みょうじ》なんてどんなに愛着があったとしても、もう名乗る事もないし。かといって新しい苗字も馴染《なじ》みなんてない。

そういえば、生まれて物心ついた時から、既視感《デジャブ》のようなものはしょっちゅう感じていた。

『きっと未来が見える超《ちょう》能力があるのね私！　もしかして選ばれし者⁉』

とか、十代の頃《ころ》は不思議だと思える状況《じょうきょう》に酔《よ》ったり別の妄想《もうそう》設定を考えたりしていたけれど。

なんて事はなかった。

ホントに見覚えがあっただけだったチキショウ。

前世の自分の事で覚えているのは、子供が欲《ほ》しくて欲しくてたまらなかった事、でも結婚して色々頑張《がんば》ったけど子供を産めなかった事。それで色々嫌《いや》な目にあってきた事。

そして、そんな傷ついた心を癒《い》やしたのは、乙女ゲームだった事、それぐらい。

自分の事もうろ覚えなのに、なんで乙女ゲームの事を明確に覚えているかというと。心を壊《こわ》した時に常にその世界に没頭《ぼっとう》し、個人メドレーを泳ぐ勢いでその沼《ぬま》にドップリ浸《つ》かっていたからだ。

ありがとう乙女ゲーム。愛してる乙女ゲーム。婆《ババア》の心に癒やしを与《あた》えてくれて感謝しかない。

今といえば。

貧乏《びんぼう》貴族に生まれて、恵《めぐ》まれたのは健康な身体《からだ》と妄想滾《たぎ》る脳味噌《のうみそ》。そして躾《しつけ》と教育。

ある程度残念ではない容姿のおかげで、お転婆《てんば》、じゃじゃ馬、暴れ馬、悍馬《かんば》――なんで喩《たと》えが馬ばっかやねん――と言われつつも、結婚も出来たし。

貧乏貴族のウチでは、家を継《つ》げない娘《むすめ》たちを嫁《よめ》に出すぐらいしか、大きな現金をＧＥＴして領民に楽をさせる方法がないんだから仕方ない。

私もそこに別に異存はなかった。妹たちは見た事もない男に嫁《とつ》がされるなんて――とさめざめ泣いていたけれど、別に。

だって、前世の世界とは違《ちが》って何の権利も持てない女の身で生活するには、結婚しかない。貴族の子女であってもそうだ。いやむしろ、貴族子女は結婚しないと欠陥品《けつかんひん》扱《あつか》いで、人としてみなされない事も。貴族子女には『他貴族の血を繋《つな》ぐ』という価値しかないんだよねぇ。それってどうなんだよ。

実家にいた頃はちゃんと役割があった、と、思う。例えば冬前になると、冬ごもりの支度《したく》の為《ため》に家族総出で狩《か》りに出たし。私もちゃんと戦力だったたし。ああ、狩りといえば、独りで熊《くま》と出会った時は死んだと思ったね。

ま。ある程度容姿が残念ではないとは言いながら。

一回離縁《りえん》されてるんだけどね！

そう。実は今回の侯爵《こうしやく》との結婚が初婚じゃない。再婚。二度目。ええ、二度目ですが何か？

最初の結婚は――もう、思い出したくもない。勿論《もちろん》最初の結婚も、今回と同じで政略結婚だったけれども。色々あって即行《そつこう》で離婚するハメになって……ああホント思い出したくもないわ。

まあ、そこはしょうがないよね。性格の合う合わないは誰《だれ》にだってあるし。そう、性格の不一致《ふいっち》だったんだよ。それは仕方ないよ。

決して。決して。『北方の暴れ馬』という異名のせいじゃない。違うもん。

……おおよそ伯爵《はくしやく》令嬢につくような二つ名じゃないよね、ソレ。『北方の暴れ馬』って。まったく失礼しちゃうよホント。ま、確かに？　ちょっと？　少し？　他の人よりも？　ちょぴっとだけあ。でもそれは最初の結婚がダメになって離縁された後の話だから、きっと関係ないよね。うん。

ちょっと、無名のダークホースとして暴れまわっただけだし。

術《じゅつ》大会に参加して、大会を荒《あ》らしたからかな？　別にアレは荒らすつもりで荒らしたんじゃないし。

それともアレかな。病弱で死んでしまった私の双子《ふたご》の兄に成り代わり、男装して貴族子息対抗剣《たいこうけん》
でもさ。気に入らないヤツの脛《すね》を蹴《け》り飛ばすぐらいさ。するよね。ね？　ね？　ね？

足癖《あしくせ》が悪かったかもしれないけれどね？

そして今回が、私にとって二度目の結婚。
年増の離婚歴あり貧乏伯爵令嬢である私を見初《みそ》めたのは、奥方《おくがた》を数年前に亡《な》くされたという侯爵
だった。何処で見初められたんだか知らないけれど、その話をいただいた時は、家の中が蜂《はち》の巣を
どつき回したかのような騒《さわ》ぎになった。
侯爵様は物好きなのか、熟女好きなのか、ゲテモノ食いなのか、ドMなのか、とか好き放題言っ
てたな。
——ってか、それって間接的に私もディスられてんですけど。もしかして私、家族から嫌《きら》われて
たん？　まだ熟しきってないし。まだピッチピチだし、ピッチピチ。
私には、侯爵の考えが大体予想出来た。
あの侯爵は国の中枢《ちゅうすう》に関《かか》わる位置にいる。そこらの貴族から新たな嫁を貰《もら》おうとしたら、権力や
利権争いやら云々《うんぬん》かんぬん、色々面倒《めんどう》があったのだろう。かといって妻はステータスだ。持たない
ワケにもいかない。侯爵には、亡くなった前妻が産んだ娘しかいないから、跡継《あとつ》ぎも必要だし。

だから、権力争いから遠い昔に弾《はじ》き出されたまま何処《どこ》にも属さず（貧乏だから何の力もないし）、古い歴史と爵位しか誇《ほこ》れるものがない伯爵家の令嬢が、都合が良かったのだろう。

私は相手の顔も知らずに嫁に来た。

相手が誰であろうと興味がなかったから。知ろうとも、しなかったかも。

ぶっちゃけ、行き詰《づ》まった人生に若干腐《じやっかんくさ》って諦《あきら》めモードに入ってた。

だから当然、再婚相手の前妻の忘れ形見の娘の顔も名前も知らなかった。

アティ・エウラリア・カラマンリス

結婚式が終わって、初めて彼女《かのじょ》のこのフルネームを聞いた時、私はすぐにピンときた。

それが、私がやっていた乙女ゲームに出てくる悪役令嬢の名前と同じであり——。

乙女ゲームの主人公に、あれやこれやとよくもまぁそんな色んな手が浮《う》かんでくるな、いっそそういう教室でも開いて金儲《かねもう》けでもしたらどうやと思う程《ほど》、あらゆる嫌がらせをしてきたあげく、どんなエンディングになろうと非業の死を遂げる、その女なのだと。

＊＊＊

乙女ゲームをしていた時は、悪役令嬢はひたすらウザかった。何周もプレイしてたから相手の手の内を全部知ってたし。あしらうのが本当に面倒くさかった。

プライドばっか高い癖《クセ》に自己承認《しょうにん》欲求が滅茶苦茶《めちゃくちゃ》強くて、自己愛を拗《こじ》らせて卑屈《ひくつ》で執拗《しつよう》。学校の勉強は出来る癖に短絡《たんらく》的で刹那《せつな》的。婚約者に依存《いぞん》してて情緒《じょうちょ》も不安定。

ホント、身分と見た目ぐらいしか取り柄《え》のない、中身空っぽの女だった。

でも。

目の前にいるこの子は――柔《やわ》らかそうでフワフワなのに絹のような光沢《こうたく》を放つプラチナブロンドの髪《かみ》、透《す》き通った菫色《ヴァイオレット》の瞳《ひとみ》はこぼれそうな程大きく、縁取《ふちど》る睫《まつげ》はバッサバサ。抜《ぬ》けるような白い肌《はだ》と上気させてピンクに染まったその頬《ほお》はモッチモチ。

侯爵の足にしがみつき、チラチラ私を見上げる姿は、まさに天使。エンジェル。アンジェロ。エンゲル。ティンタン。あとええと。

「あたらしぃ……おかあさま?」

やだ。声まで可愛《かわい》い。

ここ、天国だった。楽園だった。ユートピア。アルカディア。パラダイス。パライソ。

え。何。私、こんなエンジェルの母親になれるの？　何のご褒美《ほうび》？

先がピンクに染まりつつ、桜貝のようなちっちゃくて可愛い爪《つめ》がついた指先を、そっと私に伸《の》ばしてくるエンジェル。

その手を見た瞬間《しゅんかん》、私の脳裏《のうり》にある言葉が蘇《よみがえ》ってくる。

――私は誰にも愛されなかった！　父も、継母も、私を拒絶《きょぜつ》した‼　継母はまだ年端《としは》のいかない幼い私の手を叩《たた》いて言った、『汚《きたな》い手で触《さわ》らないで』と‼――

あれは、どのエンディングだったか。

断罪される悪役令嬢の捨て台詞《ぜりふ》。

私は、エンジェルの手をガッチリ掴《つか》んで引き寄せ、驚《おどろ》く彼女の両脇《りようわき》に手を差し込《こ》む。羽のように軽いその身体を一度高く掲《かか》げてから、ギュウっと抱《だ》きしめて彼女のピンク色のモッチモチの頬《ほ》っぺたに頬ずりした。

「そうよ！　私が貴女《あなた》の新しいお母さんよ！　可愛いアティ！　天使のようなアティ！　これからずっと一緒《いつしよ》にいてね！　いっぱい遊んでご本も読んで一緒に寝《ね》ましょうね‼」

そうだよ。

この子が将来、あの最凶《さいきよう》最悪の悪役令嬢になってしまうのは、継母や実の父が冷たくしたからだ。こんなに可愛いのに。物凄《ものすご》く天使なのに。

確かに悪役令嬢は最後まで好きになれなかったし、同情の余地もあんまなかったけど、この子は違う。

まだ、あの性悪女《しようわる》じゃない。まだ、なってない。

こんなに可愛いんだから、素直《すなお》に育てば普通《ふつう》に絶世の美少女になるじゃん。外見完璧《かんぺき》なんだから、中身も完璧にすればいいんじゃん！

それに。

可愛い。

単純に可愛い。

普通に天使。

こんな子に冷たく出来るか？

否《いな》‼

前世での私は子供が欲しかった。子育ての苦労話を聞くと、大変そうだけど幸せそうで、羨《うらや》ましかった。私も笑顔《えがお》で苦労話をしてみたかった。

だから、する！　この世界で！　私は絶世の美少女を育成しちゃう‼

なんか乙女ゲームとは違うゲームになってる気がするけど気にしない！

だって私、育成シミュレーションも大好きだったから！

私の肌に吸い付くモチのような頬っぺたを堪能《たんのう》しつつ、耳元で聞こえるキャッキャとはしゃぐ彼女の声に、まさに夢心地《ごこち》を味わったのだった。

＊＊＊

「改めてご挨拶《あいさつ》しますね。私はセレーネ。これからこのお屋敷《やしき》で、アティたちと一緒に生活する事になりました。よろしくね」

私は床《ゆか》に膝《ひざ》をつき、談話室のデッカイ三人掛《が》けソファの真ん中に、埋《う》もれるように座《すわ》るアティに視線を合わせて、そう丁寧《ていねい》に挨拶した。

アティは菫色《ヴァイオレット》の瞳をこれでもかってほどガン開きして、私を凝視《ぎょうし》して固まっていた。

……ははっ。ついつい、アティのあまりの美幼女天使っぷりにタガが吹《ふ》き飛んでしまい、これでもかってぐらい頬ずりしてしまったからな。ドン引かれたか……ごめん。

あの後、微妙《びみょう》にコメカミに青筋浮かべた子守《こもり》の女性に、アティを半ば強引《ごういん》に奪還《だっかん》された。

失敗失敗。

ちょっと浮かれすぎてたわ。

改めてちゃんと挨拶しないとね。

多分アティの年齢《ねんれい》では、新しく現れた女が『母親』という何かになる事は理解していても、そもそも『母』というモノが何なのかを実感してないと思うんだよね。

屋敷での私付きになった侍女《じじょ》からチラリと聞いた話によると、アティの実母が亡くなったのはアティがまだ赤子だった頃だそうだ。

きっとアティは母親の事を覚えていない。

……まぁ、実際のところ。

侯爵なんぞという超高位貴族にとって、肉親とは『同じ血を共有する目上の者』でしかない場合が殆《ほとん》どだけどね。

アティには乳母《うば》がいただろうし、普段《ふだん》の世話も子守がやる。肉親はあまりボディタッチ的な意味での接触《せっしょく》や愛情をもらう相手じゃないんだよな。場合によっては、ある程度成長するまで、あまり直接話をしない事もあるみたいだし。

そういう意味では、母がいようといまいと、あまり大きな違いは――高位貴族の場合は、ないような気がする。

本来ウチも領地を収める由緒《ゆいしょ》正しい伯爵家でもあるんだけど……ウチの場合は、貧乏なので使用人――家人が少数精鋭《せいえい》でやりくりしていた事と、そもそも弟妹《ていまい》が沢山《たくさん》いるから、乳母一人子守一人ではとてもじゃないが手が回らなかったみたい。

母自身は私らにマナーや躾の部分を直接ビッシビシ指導してきたし、私は弟妹たちのお世話が楽しくってね、つい、色々アレコレ勝手にやってた。

弟妹たちね！　も──────う！　可愛かったよ──────‼　結構歳《とし》が離《はな》れてる弟妹たちのオシメは私が変えたし、お風呂《ふろ》やお着替《きが》えもやったよ‼　可愛かったなぁ……。

……ヤバい。ちょっと、もう、弟妹たちに会いたい。

いかん！　違う！　今はこの目の前のアティの事だよ‼

「アティの手に、触《ふ》れてもいいですか？」

私は、膝の上で固く握《にぎ》られたアティの手の傍《そば》に自分の両手を少し寄せ、そう問いかける。

……ま、さっきは許可なくいきなり抱き上げて頬ずりしたけどな。

スマン。あまりの美幼女っぷりにタガが外れたんよ。結婚式という、クッソ緊張《きんちよう》するイベントに何も知らない状態で立たされていた上に、乙女ゲームの世界に転生してたとかいう、意味分からん事実に頭ん中真っ白になってて、つい。

聞く。

ちゃんと聞く。

聞いてから、触る。

問いかけられたアティは、表情を変えずにジッと私の顔を食い入るように見つめてきていた。

まるで、異国の言葉で突然《とつぜん》話しかけられたみたいな顔してらぁ。

あー、そうか。

そんな事、聞かれた事なかったんだね。

それに。

ふと心配になる。

アティ、表情があんまり動かないなぁ……。

この年頃《としごろ》の子供って、嫌な時はぶっちゃいくに顔を歪《ゆが》めて『え〜マジ嫌』ってしたり、嬉《うれ》しい事があると、ホント毛穴の全部開いたんじゃね？　ってぐらい顔を綻《ほころ》ばせたり、逆に顔クッチャクチャにして嬉し泣きしたりするのに。少なくとも、ウチの弟妹はそうだった。……え、待って。アレがレアって事はないよね？

アティは口も顔も動かない。まるで人形みたいだ。

アティが座るソファのすぐ脇に立っていた男が何やら動く気配を見せたので、私は先んじて再度笑って問いかけた。

「アティの手に、触れてもいいですか？　さっきみたいに、突然ひっぱったり抱っこしたりしません。ただ、手に触れるだけです。でも、嫌なら触りません。アティは、どう思いますか？」

男に聞いてねぇよ。

アティに聞いてんだよ。

ただ、手に触れていいかって聞いてんだよ。男の許可なんて求めてねぇよ。

私の言葉を聞いて、アティがパチクリと目を瞬《しばた》かせた。

さっきまで動かなかった顔に、少しだけ困惑《こんわく》の色が浮かぶ。菫色《ヴァイオレット》の瞳が潤《うる》みを帯びて、少し揺《ゆ》れていた。

今度はソファのすぐ脇——男と反対側に立っていた子守の女性が動こうとしたので、私はサッと一瞥《いちべつ》してその動きを止める。

子守にも聞いてない。

「私がアティの手に触れる事は、アティは嫌ですか？　いいですか？」

私は根気よく待つ。

周りにいる大人が誰もサポートに入らないせいか、アティは眉毛《まゆげ》を少しだけ下げた。

周りの大人の顔を見ようとしたのか、アティの首が少し動く。

「アティ。アティはどう思いますか？」

アティが周りの大人の顔色を窺《うかが》わないように、声をかけた。

視線を私へと戻《もど》したアティは、再度バッサバサな睫毛《まつげ》を揺らして瞬《まばた》きする。

「……わかんない……」

物凄く小さな声で、そう溢《こぼ》すアティ。

「そっか。分からないか。そうだよね。初めての人だもんね。じゃあ……」

私は笑顔でそう答え、アティの握った手に、少しだけ私の手を寄せた。

「少しだけ触れます。嫌なら嫌って言ってくださいね。すぐにやめますから」

そう伝えて、一拍《いっぱく》待つ。

アティの動きがない事を確認してから、アティの小さな握りこぶしに、そっと手を置いた。

アティは、自分の手に添《そ》えられた私の手の甲《こう》を、穴があくんじゃねぇかって程、凝視していた。

「……いいですか？　嫌ですか？　分からないですか？」

重ねて問うと、アティは顔を上げて私の顔をジッと見つめる。

そして、

「……わかんない……」

再度、そうポツリと呟《つぶや》いた。

「そっか。分からないか。それでもいいんですよ。じゃあ次は、アティのお手々、握りますね。嫌な時はすぐに嫌って言ってください。すぐに離しますから」

そう尋《たず》ねると、アティの首が少し傾《かたむ》く。

うっわクッソ可愛いなオイ‼　やめてまたタガが外れる‼

私は深呼吸して、自分の理性を総動員させる。

アティがそのまま何も言わなかったので、今度は彼女の握られたこぶしごと、少し持ち上げてその手を両手で優《やさ》しく包み込んだ。

……手、ちっちゃい！　かわいいっ‼　あったかい‼

「いいですか？　嫌ですか？　嫌なら離しますから、言ってくださいね」

なんとか自分の理性という理性を脳内にかき集めてそう問いかける。

すると。

「……あったかい」

少しだけ、アティの顔が、綻んだ。

か――――――――ッ‼

なんて可愛い生き物なんだよオイィッ‼

なんなんだよ！　確かにウチの弟妹も、目に入れても痛くないほど可愛いし、実際に頬ずりしまくってウザがられる程だったけど、また違った可愛さだなオイ‼

吹き飛びそうな理性のタガを、なんとか脳内に打ち込み直し、私はアティの手をそっと離して彼女の膝の上に戻してあげる。

アティは、離れて行った私の手を目で追っていた。

「今後、私はアティを抱っこしたり、撫《な》でたりします。嫌だなって思った時には、すぐに言ってくださいね。最初は分からないと思います。こんなもんなのかって思うかもしれません」

大概《たいがい》、初めてその出来事に出会った時、人はすぐに反応出来ない。特に子供は。大概は違和《いわ》感のようなモノを感じるだけ。大人は今までの経験と照らし合わせて、その感じた感情が、喜びなのか嫌悪《けんお》感なのか判断がつけられるけど、経験値が少ない子供は、自分でもその感情の理由が分からなかったりする。それが当たり前だ。

「でも、少しでも『あれ？』って思ったら、すぐに言ってくださいね。『あれ？』って思うって事は、嫌なのかもしれません。だから、すぐやめますよ」

本来、親との接触は、肌を合わせて温かさを共有する事も必要だとは思うけれど、子によってはボディタッチが嫌だと感じる事もあるかもしれない。

……まぁ、赤子から接してた弟妹たちは、ボディタッチ大好きッ子になったけど、それでも「これ以上は嫌」と言う子もいた。

だから、その子の感覚に、合わせてあげたい。

今後、そうやってゆっくり接していこうかな、そう思った瞬間だった。

私が立ち上がろうと腰《こし》を上げようとした時――

アティが、私に向かって少しだけ、両手を開いて見せていた。

え。

待って。

え。

それって。

え。

抱っこって、事、で、合ってる?

幼い頃の弟妹たちのボディアクションはかなりデカかったからさ、抱っこして欲しい時は両手をビシッと天へと掲げていたし……。

こ、こんなに遠慮《えんりょ》深いアクションは、見た事が……。

ええと……。

私もどう反応していいのか困り、再度床に膝をつきなおしてから、少しだけ、アティに向かって両手を開いてみせた。

すると、アティの腕《うで》が更《さら》に私へと伸びてくる。

抱っこっすかァ――――‼

ハイよろこんでェ‼

一瞬焦《あせ》った表情になる、ソファの傍に立った男と子守。

私はそんな奴《やつ》らの焦りの表情なんぞガン無視し、アティだけを真《ま》っ直《す》ぐに見て、ゆっくりと両手を伸ばし、優しく、その両脇に手を入れる。

アティが、嫌がるどころか少し前傾《ぜんけい》姿勢になったので、そのまま自分の方へと抱き寄せた。

片膝《かたひざ》立ちになった私の膝に、アティは座って体重をあずけつつ、その短い両腕でしっかりと私の首にしがみついてきた。

その温かい身体を優しく、少しずつ力を込めて抱き締《し》める。

その瞬間、何とも言えない物凄く温かくて優しい何かが、胸から広がり全身をかけめぐった。

愛《いと》しい。

今日初めて出会った子なのに、こんな感情を抱《いだ》くのは変なのかもしれない。

でも。

愛しい。

遠慮がちで、小さくって、表情も動かないし、自己主張も出来ない、まだまだ何も知らないこの子を――。

守ってあげたい。

心の底から、本気で、そう、思った。

義理の娘《むすめ》との生活

私がカラマンリス侯爵《こうしやく》の屋敷《やしき》——カラマンリス邸《てい》に来たのが昨日の午後。大した荷物もなく専用の侍女《じじよ》も連れて来てないので、文字通りほぼ身体《からだ》一つで。

本当に何一つ知らされていない状態でやって来て、なんやかんやバタバタした状態で客間に放《ほう》り込《こ》まれて一晩を明かした。

当然全然寝《ね》れなくって、やっとウトウト出来たと思ったら叩《たた》き起こされ、風呂《ふろ》に突《つ》っ込まれてあれよあれよという間に花嫁衣裳《はなよめいしよう》を着せられて。まるで秘密裏《ひみつり》に行われるかの如《ごと》く、侯爵家にしては質素が過ぎる結婚式《けつこんしき》が挙げられた。

その後、私の継子《ままこ》となったアティに改めてご挨拶《あいさつ》し。

さぁこれから愛《いと》しい私の美幼女と一緒《いつしよ》に寝よう！　と意気込んでいたら、家人たちに止められた。

普通《ふつう》、一緒に寝ないいんだって。

へー。

私の家は『貧乏人《びんぼうにん》の子沢山《こだくさん》』を地で行っていたので、いつも幼い妹たちと一緒に寝ていた。だからダメな理由が分からなかった。

いいじゃん。子供の体温は高いからあったかくてよく眠《ねむ》れるんだもん。

ま、大体途中《とちゅう》で寝相《ねぞう》の悪い妹の誰《だれ》かに蹴《け》っ飛ばされて目覚めるんだけどね。

「セレーネ」

侯爵が私の名前をフワリと呼んだ。

とっぷり暮れた夜。私は彼《かれ》の書斎《しょさい》に呼ばれていた。

重厚《じゅうこう》な造りの大きな部屋。窓にはベルベットのカーテンがひかれ、灯《とも》された壁《かべ》のガス灯と机の燭台《しょくだい》の炎《ほのお》がユラユラと揺《ゆ》れて、侯爵と私の影《かげ》を大きく作り出している。

壁にはしつらえた天井《てんじょう》まである本棚《ほんだな》が。中にはぎっしり本が詰《つ》め込まれていた。

本の量は財産の量。おそらく本があるのはこの部屋だけではあるまい。

って事は、びっくりするぐらい金持ちって事だ。あの背表紙からも分かる超絶豪華《ちょうぜつごうか》で丁寧《ていねい》な箔押《はくお》し装飾《そうしょく》の本一冊売っただけでも、ウチの家族が一冬余裕《よゆう》で越《こ》せんじゃね？　同じ貴族でこうまで違《ちが》うってどういう事？　ウチが変だったの？　そうなの？　どうなの？

「セレーネ」

私が周りに気を取られていて返事をしなかったせいで焦《じ》れたのか、侯爵は再度私の名を呼んだ。

「はい、なんでしょうか、侯爵様」

確かに失礼だったな。

私は重厚な木製の机に座《すわ》る彼の顔を真っすぐに見て、今度はちゃんと返事をした。

歳《とし》はどれぐらいか。まだそんな歳じゃないと思うけど、ヒゲがあってよく分からない。三十後半か四十手前か。

ウチの男性陣《じん》（父・祖父）は男性ホルモンが少ないのか、ヒゲが全然生えないそうで。伸《の》ばしてもみすぼらしいからとヒゲを生やしていなかった。一度どうしても伸ばしたヒゲを見たいと言ったら伸ばしてくれたが、口角の少し上のところと口の下にちょびっと生えるだけ、しかもそれが密度を増す事なくヒョロヒョロヒョロ伸びる。確かにみすぼらしかった。素直《すなお》に言ったら傷ついてた。ゴメン、お父様。

侯爵は黒髪《くろかみ》なので恐《おそ》らく天使アティは母親に似たんだね。どんな女神様《めがみ》だったんだろうか。悪役令嬢《れいじょう》をやってる時のアティも、黙《だま》っていれば美少女だった。今度は完璧《かんぺき》な美少女にするんだ。決めた。さっき決めた。もうこの決定は覆《くつがえ》らない――

「セレーネ。私はお前を、私の子を産ませる為《ため》だけに娶《めと》ったワケではない」

口元にあるヒゲを触《さわ》りつつ、呼びかけたワリにはあらぬ方向を見つめながら、侯爵はそう呟《つぶや》く。

「そうなんですね」

それよりさ。アティをどんな美少女にするのかの方が大事じゃね？

だって、外見は完璧な天使じゃん。あとは中身をどういう系統に育てるか、だよね。ツンデレもいいけど清楚可憐《せいそかれん》系も捨てがたい。でも快活系もいいなぁ。あんな天使みたいな姿で、素直で純朴《じゅんぼく》な笑《え》みを浮《う》かべられるような子になったら最高だと思うんだよね――

「セレーネ」

アティの事を考えていたら、侯爵の声が間近で聞こえてビックリした。

気づいて顔を上げると、侯爵は目の前に立っていた。

私が座った革張りのソファの背もたれに手を置き、覆《おお》いかぶさるように顔を近づけてくる。

「私は――」

「あ、お待ちください」

私は侯爵の腕《うで》の中からヒラリと脱出《だっしゅつ》し、立ち上がった。

逃《に》げられると思っていなかったのだろう。侯爵が目を見開いて私を見上げる。

そんな彼から少し距離《きょり》を取り、

「何故《なぜ》アティと一緒に寝てはいけないのですか？　一緒に寝たいのですけれど」

私は当初の疑問をぶつけた。

さっきダメと言われた理由が知りたかった。

天使を抱《だ》きしめて寝たい。弟妹たちのように、抱き締《し》めてグリグリして、頭皮の匂《にお》いを嗅《か》ぎたい。ちょっと汗臭《あせくさ》いあの匂い。懐《なつ》かしい。あ、もしかして、私、ちょっと寂《さび》しくなってる？　もう里心ついちゃったかな？

「それは――」

侯爵が、私が退いたソファの上に座って少しモジモジとした。

そこでピンとくる。

ああ、そうか。忘れてた。結婚《けっこん》初夜か、今日。

そうだった。アティの存在に浮かれていたけど、私、結婚したんだった。

でもなぁ……。

「それはおやめになった方がよろしいかと。侯爵様は、ご存じの筈《はず》。私には、傷があります」

一回結婚してるし。離婚済みだし。再婚だし。

でも今言ってる『傷』とは、そういう意味じゃない。

「身体の傷の事は聞いている。それが原因で離縁《りえん》された事も知っている」

侯爵も立ち上がって、真っすぐに私の方へと身体を向けてきた。

思わず顔が綻《ほころ》んでしまった。

別に、嬉《うれ》しかったワケじゃない。

「侯爵様は、分かっていらっしゃらない。私の傷の大きさを」

身体にちょっと傷が出来たぐらいでは、普通貴族は離縁などしない。

「一度ご覧になるといい。私はこの傷を、蔑《さげす》んでなどおりませんので」

そうやんわりと伝え、私は自分の服の紐《ひも》を解いていく。

コルセットを外し、床《ゆか》に落として全《すべ》てを曝《さら》け出す。

侯爵が息を呑《の》んだのが分かった。

やっぱり。思っていた傷と違ったのだろう。

「いかがですか？　これでも、貴方《あなた》はこの身体をお抱きになる？」

胸のあたりから下腹部まで、真っすぐに伸びる三本の歪《いびつ》で引きつった傷がクッキリとある。

しかも、その傷が始まる右胸の形も歪だし左胸に比べてかなり小さい。肉が抉《えぐ》られたからだ。

失った肉や皮の部分は、残った部分を無理矢理ひっぱって縫《ぬ》い合わせたらしい。

そんな箇所《かしょ》が身体のあちこちに沢山ある為、私の身体には女性特有の滑《なめ》らかで美しい稜線《りょうせん》などない。全てはボコボコと歪《ゆが》み、まるでツギハギ人形のよう。

もう完全回復しているので痛くはない。が、見た目はさぞかし痛々しいのだろう。

この身体を見て、驚《おどろ》かなかった人間はいない。

首から上に傷がないのは奇跡《きせき》だ。

因《ちな》みに、腕にも足にも背中にも同じような傷がある。

これは、熊《くま》につけられた傷。

まだ最初の結婚をしたばかりの頃《ころ》——実家のある領地は冬支度《じたく》が大変なので、当時の夫に許可を取り実家に戻って狩《か》りを手伝った時の事。

狩りの最中に獲物《えもの》を深追いしてしまった私は仲間とはぐれてしまい、気づいて慌《あわ》てて戻る途中で運悪く熊と遭遇《であ》ってしまった。

熊との攻防《こうぼう》は私の防戦一方。近距離で対面した為猟銃《りょうじゅう》を思うように使えず、私はなんとかギリギリで致命傷《ちめいしょう》を避《さ》けつつも、何度もぶん殴《なぐ》られ全身傷だらけになり、更《さら》に様々な箇所を骨折した。最後、地面に転がった私の腹に噛《か》みつこうとしてきた熊に、一矢報《いっしむく》いんと顔にナイフをブッ刺《さ》してやった。

幸い、熊はそのまま逃げていってくれた。若い熊だったのだろう。

おかげで命拾いしたが。

身体には一生消えない傷が残った。

その傷を見て、前の夫は私を抱けなくなった。

だから離縁された。子供もいなかったし。結婚時の結納金を返せとも言われなかったのはありがたかった。

政略結婚だった為、別に酷《ひど》いとか悲しいとかは思わなかったし。

それに私は、傷自体は恥《は》じていない。

私が命《いのち》懸《が》けで戦って、生き残った証《あかし》だから。

で、思い直した。

私の伴侶《はんりよ》となるのであれば、この傷に怯《ひる》まない事が最低条件だ、と。

この傷を含《ふく》めて、私なのだから。

そう思う反面、

『またダメだった』

私は最初の離縁をした時に、そう小さく落胆《らくたん》した。

その時は、その感情が前世由来のものだとは気づかなかったけど、今なら分かる。

子供を持つチャンスを、また失ってしまったから。

実家にいた頃は、妹や弟の面倒《めんどう》を見てて、それである程度は満足出来ていた。でも心の何処かで『自分の子供が欲《ほ》しいなぁ』と思っていた。

当初は――アティを見るまでは、『嫌々《いやいや》でも抱かれて妊娠《にんしん》して命懸けで出産する事が、自分の子供を持つ為に必要な我慢《がまん》だ』って思ってた。利害の一致《いっち》だな、ぐらいに思ってた。

でも。

アティを見てから、ふと疑問が湧《わ》いてきた。

私は本当に、ただ自分が子供を産みたかっただけだったっけ？

知りもしない男に抱かれて、好きでもない男の子供を命懸けで妊娠出産する事が、私がしたかった事だったっけ？　って。

違うよな、と気が付いた。

私は、自分の遺伝子を継《つ》いだ子供が欲しかったんじゃない。ただ子供を持ちたかったんだ、子育てしたかったんだ。

そして。

もうアティいるじゃん！　既《すで》にアティいるじゃん!!　超絶可愛《かわい》い美幼女アティが私の娘になってくれたじゃん!!

抱かれるのを拒否《きよひ》するって事は、私は『貴族子女の責務を果たせない』として、離婚まっしぐら。

でも、自分の真意に気づいてしまった今、子供を持つ為だけに知らん男に抱かれるなんて事に嫌《けん》悪《お》すら感じてしまってるし、興味もない男の子供を命懸けで妊娠出産するとか、無理中の無理。

もしすぐに離縁になるとしても。

せめて、ここにいる間だけはアティを溢《あふ》れる程《ほど》に可愛がりたい。

数奇《すうき》な縁で私の娘になってくれたアティを、沢山たくさん、慈《いつく》しんでいきたい。

部屋に沈黙《ちんもく》が充満《じゆうまん》していた。

机の燭台に灯ったロウソクの芯《しん》が焦《こ》げる音だけが、ジジっとやけに大きく響《ひび》いた。

「少し、考えたい」

侯爵はポツリとそう呟くと、私の肩《かた》に自分のジャケットをかけて部屋から出て行ってしまった。

私は服を拾って再度着る。コルセットは外したまま。どうせ寝る時にネグリジェに着替《きが》えるだろうし。

侯爵のジャケットは丁寧にたたんで机の上に置いておいた。

流石にちょっとやりすぎたかな。

でも、まぁこれで、アティと寝ちゃダメとは言われないよな。

今日から毎日一緒に寝るぞ！　頭皮を嗅ぐぞ‼

私は、ウッキウキした足取りで、侯爵の書斎を後にするのだった。

＊＊＊

貴族の普通など知らんと、家人が止めるのも聞かず、昨夜はアティと一緒に寝た。

どうやらアティは誰かと一緒に寝た事がないらしく、どうしたらいいのかとベッドの上で硬直《こうちょく》していた。

いつもだと子守《こもり》が本を読んでくれるとの事だったので、アティに添《そ》い寝しながら、妹たちに散々話して聞かせたので覚えてしまった童話を片《かた》っ端《ぱし》から語って聞かせた。

最初は、私の隣《となり》で固まって棒状になっていたアティだったが、次第《しだい》に緊張《きんちょう》がほぐれてウトウトとし始め、やがてグッスリと眠ってくれた。

私の胸にモゾモゾと顔を埋《うず》めて無意識に抱きついてくるアティに、私の脳みそからはセロトニンだかエンドルフィンだかよく分からん幸せ脳内物質が溢れ出てきた。

可愛い。天使が！　天使が私の腕の中にいる‼　くーくー寝息立ててるゥ‼

なんでこんなに可愛いのかな？　犯罪！　もはや犯罪‼　まだ出会ったばっかりなんだけど⁉　可愛すぎて禿《は》げそう‼

私はそれから数日間、毎日その幸せに浸《ひた》りまくった。

窓の令嬢の匂いなのか⁉ なんて良い匂いなんだ‼

汗臭くない！ ウチの野山を駆《か》け回るエネルギーモンスターな妹たちとは違うのか⁉ これが深窓の令嬢の匂いなのか⁉ なんて良い匂いなんだ‼

柔《やわ》らかい太陽の匂いがした。

頭皮の匂いも思う存分嗅いだった。


悪役令嬢になる前のアティは、本当に可愛かった。

シャイで、外で駆け回るよりは絵本が好きな、ただの引っ込み思案な三歳児《さいじ》だった。

この子がどんな経緯《けいい》で悪役令嬢になったのか。

少し分かってきた気がする。

この数日、侯爵は殆《ほとん》ど娘に会いに来なかった。

仕事で忙《いそが》しいのは分かる。

この世界では、物理的な距離が仕事にダイレクトに影響《えいきょう》する。電話はあるけど交換手型《こうかんしゅ》だし、電話が全ての場所にあるワケじゃないからタイムラグがあるし、対面じゃないと出来ない、その場にいないと出来ない事も多いだろう。

しかし、家に戻ってきたとしても、頭を撫《な》でたり抱っこしたりもしない。

食事も別だし声をかける事もない。

ただでさえ親との接触《せっしょく》が殆どないのに、継母《ままはは》になった女にも冷たく拒否されたら、そりゃ孤独《こどく》で性格歪みそう。そんなの完全な育児放棄《ネグレクト》じゃん。

まだたった三歳なのに。

まだまだ親の愛情が必要な時なのに。

なんで会いに来ないんだあの侯爵は⁉

裸《はだか》を見せつけて以来、私の顔すらマトモに見なくなった侯爵。

四六時中私が一緒にいるアティに会いに来る事もない為、結婚したというのに夫の姿を殆ど見る事はなかった。

まぁ、私は別に構わない。そうなると分かっていて身体の傷を見せたんだから。むしろ、ちょっと狙《ねら》った。そうすれば、夫との時間が減って、その分アティと一緒にいれると思って。思った通りにはなったけれど――。

これではダメだ。

私一人からの愛情では足りない。

私一人では注げる愛情に限界がある。

父親にも愛を注いでもらわねば。

だって、アティは侯爵の娘なんだから。

＊＊＊

その日は、アティと図書室で新しい絵本を探していた。

図書室にはあまり絵本はないが、年季の入った児童書が何冊かあった。

恐らく、この家にずっと古くからあるものなのだろう。あの侯爵も読んだのかもしれない。

アティは元々地頭が良いようで、まだ字が読めるほどではない年齢《ねんれい》だと思ったが、簡単な単語なら読めるようだった。

この子凄《すご》い！　天才‼　果ては医者か研究者か⁉

——と、思ったけれど。

この世界では、女は医者にも研究者にもなれない。女性が医者になるには、医者の家に生まれつつ自分以外に跡継《あとつ》ぎがいない場合しか認められないし、研究所はそもそも女子に門戸を開いてない。こと、学問や専門知識については、女性がそれを持つ事にあまり良い顔をされる事がない。「婚期が遅《おく》れるから賢《かしこ》くなるべきではない」という無言の圧力すらある。

この子の場合、このまま乙女《おとめ》ゲームの通りに進むのであれば、一応公爵家の婚約者になる予定になっているから、公爵夫人として求められる素養——歴史や言語、経済などのある程度の事は学ぶだろうけれども……その素養自体はおそらく期待されてはいない。ただ、誰かの妻として恥ずかしくない為だけに学ばされる。

貴族の子女に求められる資質は一つ。

男児を産む事。

だから、ゲーム中の悪役令嬢も、頭は良いのに中身空っぽだったのだろう。

それではダメだ。

中身がないから自分に自信がなくなる。なのに承認《しようにん》を渇望《かつぼう》して人に依存《いぞん》する。

他人の中に価値を見出《みいだ》すのではない！

自分の中に価値を見出すべきなのだ‼

この子には、この子というだけで物凄《ものすご》い魅力《みりょく》がある！

外見の可愛さだけではない！

当たり前だけど元々はこんなに素直で愛くるしいんだから！

まだ無限の可能性を秘《ひ》めてる‼

外見も勿論《もちろん》パーフェクトでもあるんだけど‼

「お……おかあさま」

アティが、部屋の奥《おく》から埃《ほこり》まみれの分厚い本を持ってヨタヨタトテテと歩いてきた。

「何この可愛い生き物⁉」

私は思わず走り寄り、アティを本ごと抱き上げて頬《ほお》ずりした。ついでに頭皮の匂いを嗅ぐ。やっぱりいい匂い。ウットリしちゃう。最高。いつまでもこうしていたい。

「お……おかあさま、くるしい……」

「あ！　ごめんねアティ！　可愛くてつい！」

私の腕の中で、苦しそうにハフハフ言ってるアティを床にゆっくり下ろしてあげる。

「このごほん、よんで」

余程重いのか、アティは床に本を下ろしてウルウルの菫色《ヴァイオレット》の瞳《ひとみ》で見上げてきた。

「ハイ喜んで！」

もう欄外《らんがい》の注から奥付《おくづけ》まで隅々《すみずみ》読んであげるからね‼

私はアティを片腕《かたうで》で抱っこし、もう片方の腕で本を抱《かか》えて、図書室に備え付けられた安楽椅子《ロッキンチェア》に腰掛《こしか》けた。

膝《ひざ》の上にアティを座らせ、その向こうで本を開く。

そして、ユラユラ揺れながら、ゆっくりゆっくりその本を読み始めた。


どれぐらい経《た》った頃か。

アティの頭がガクッと傾《かたむ》いた事に気づいた。

読んでいる間に眠ってしまったのだろう。

私は本を机の上に置き、アティの身体を一度持ち上げてクルリと回転させる。向かい合わせになるように再度座らせてから抱き締めた。

身体を伝って、アティのゆっくりとした呼吸音と速い鼓動《こどう》が聞こえてくる。

この、子供特有の速くて軽《かろ》やかな鼓動音、好き。小さい身体で精一杯《せいいっぱい》生きてるって感じがする。

ああ可愛い。鼓動まで可愛いとかどういう事⁉

そのままユラユラ揺れつつ、ついでに時々頭皮の匂いを嗅ぎつつ微睡《まどろ》んでいると、椅子《いす》の肘《ひじ》掛けが本に当たり、机からバサリと落ちてしまった。

アティの背中を手で押さえつつ、本を拾おうと手を伸ばす。

なんとか拾った本から、ハラリと一枚の紙が落ちた事に気が付いた。本を机の上に戻して、落ちてしまったその紙を拾い上げる。

なんの気無しにその紙を見て——私の手が緊張でギクリとした。

私の強張《こわば》りがアティに伝わったのだろう。

アティがビクリと身体を震《ふる》わせて目を開けた。

「……？」

「何でもないよ。ごめんね、起こしちゃって。まだ寝てていいよ」

私はまた安楽椅子《ロッキングチエア》をユラユラ揺らし、アティの背中をポンポンと叩く。手にした紙をサッと机の上に置いてアティの頭をゆっくりと撫でた。

少し不安げな顔をして私を見上げていたアティだったが、私の胸に顔を埋めて、次第にまた小さな寝息を立て始めた。

……ッ天使‼

私は安楽椅子《ロッキングチエア》に揺られながら、先程見たモノの事と、ソレにまつわるであろう出来事を、ずっと考えていた。

＊＊＊

いつも通りアティの部屋で一緒に寝ていた時。

ウトウトしていた耳に、若干《じゃっかん》のざわめきが入ってきた。

私は、アティを起こさないようにそっとベッドを抜《ぬ》け出す。

音がしないように部屋の扉《とびら》を閉めて、ざわつきの中心へとスタスタと歩いて行った。

行った先には、この家の主人――カラマンリス侯爵がいた。

コートを持った執事《しつじ》を引き連れ、自分の書斎へと向かおうとしていた。

「おかえりなさい。侯爵様」

私はガウンの前を両手で閉じつつ、階段の上からそう声をかけた。

ギクリと足を止める侯爵。

ゆるりとした動きで私を見上げると、ああ、と一言呟いてすぐさま視線を外した。

足早にその場を去ろうとしたので、

「少しお話ししたい事がございます。お時間をいただけますか？」

少し足早に駆け寄りつつ、そう投げかける。

「今日はもう休む」

私の方を見ずに、侯爵はぶっきらぼうにそう吐《は》き捨てた。

が、ここで逃《のが》してたまるか！

「どうしても、今日、お話ししたいのです。その……夫婦《ふうふ》のお話を」

私はフワリと立ち止まり、右手は口に当て、左手は自分の腰《こし》を抱いて視線を外す。

執事や他の家人が『あー、なるほど』という顔をして、侯爵から少し距離を取った。

流石、カラマンリス侯爵家の家人たち。察しがいい。

「先に……行っておりますから」

私は少しだけ声音《こわね》を落としてそれだけを告げると、ワザとパタパタという足音を立ててその場を後にした。

ヨシ。これだけワザとらしくやっとけば、夜のお誘《さそ》いだと周りの人間は思うだろうよ。よっぽど悪趣味《しゅみ》じゃなければ部屋にも近寄らないはず。

私は家人たちの姿が見えなくなった事を確認してから、そのワザとらしい歩き方をやめて、いつも通りの大股《おおまた》で侯爵の寝室《しんしつ》へと向かって行った。

＊＊＊

「どういうつもりだ」
部屋に入ってきた侯爵の声は、落とされていたが厳しかった。
彼は、ベッドに座って脚《あし》を組む私を一瞬《いっしゅん》苦々しく見下ろした後、サッと視線を逸《そ》らす。
そんなに私を見たくないか。
まぁ仕方ない。生理的に受け付けないのは身体の反応だからな。
それは別に構わない。
そんなのどうでもいい。
私が話したかったのはその事じゃない。
「何故、アティと触《ふ》れ合わないのですか？」
私は、侯爵に負けないほど憮然《ぶぜん》としてそう問いかけた。
忙しいなら一言でもいい。
声をかけて欲しい。
言葉もいらないかもしれない。
頭をひと撫でするだけでもいい。

アティの存在を、ちゃんと認識してると意思表示して欲しい。

今はまるで、そこにアティが存在してないかのようだ。

これでは健全な精神は育てられない。

家族から自分の存在を認めてもらう事が、健全な精神を育《はぐく》むのに絶対必要不可欠なのに。

家族という最小単位のグループの中から、子供は社会性を育んでいくのだ。

「……必要な事はしてやっている」

「してやってる？」

侯爵の言葉尻《ことばじり》に思わずイラッとしたが、ここは我慢。我慢だぞ私。したい話に比べたら、そんなの瑣末《さまつ》な事だ。

「足りません」

そう鋭《するど》く返答したが、向こうは黙ったまま。

タイを緩《ゆる》めシャツのボタンを外していく。

ジャケットを部屋の傍《かたわ》らの机に投げた。

続いて袖《そで》のカフスを外そうとして上手《うま》くいかず、苛立《いらだ》っていた。

「家庭教師も子守もつけてある。それで事足りる筈だ」

「足りません」

「何がだ」

「愛情が」

私がその言葉を言った瞬間、侯爵はハッキリとした怒《いか》りの浮いた顔で私をギッと睨《にら》みつけてきた。

しかし、そこは彼も大人だ。

ぐっと何かを呑み込んでから、細く息を吐いた。そして、

「……私はアティを愛している」

ポツリとそう呟く。

「存じ上げております」

そう、分かってる。

彼はアティを愛してる。

彼は、別にアティを邪険《じゃけん》にしたり、酷い扱《あつか》いをしたりするワケじゃない。

「でも、それがアティには伝わっておりません。幼い子には、分かりやすい愛情を示さないと分かりません」

抱き締める、頭を撫でる、声をかける、目を合わせる——それによって、子供は『自分の存在が認められている』『愛されている』と理解するのだ。

いくら身の回りの環境《かんきょう》を整えてあげたところで、本人がそれが愛情だったんだと気づくのはずっと先——大人になった頃だ。それでは遅《おそ》い。

彼は何も言わない。

苦々しい顔をして、それでも私の少し横を見ている。私を直視はしたくないのだろう。

でも、顔を向けてくれているだけでありがたい。聞く気があるという事だ。

「……恐らく、それをするには、まだお辛《つら》いのでしょう。しかし、そうこうしているうちにアティは大人になってしまいます。子供の成長は待ってくれません。大人になってからでは、もう遅いの

です」

立ち上がって侯爵を正面から見据《みす》える。

そうハッキリとぶつけた。

「利《き》いた風な口を……ッ」

ギリリと歯軋《はぎし》りした侯爵は、私の肩を突き飛ばす。

後ろに倒《たお》れた私の身体が、ベッドの上で一度跳《は》ねた。間髪容《かんはつい》れずに侯爵が覆《おお》い被《かぶ》さってくる。

顔の真横のベッドに侯爵の拳《こぶし》がメリ込んだ。

殴りたかったのだろう。

それを我慢してくれたのはありがたい。殴られる覚悟《かくご》で言ったのだから。

でも、私はそんな事で黙る女ではない。

「逃げてはなりません。他のどんな事から逃げても構わない。でも、これだけはなりません。アテイから逃げてはダメです」

侯爵が、また腕を振《ふ》り上げた。

殴られる——と、歯を食いしばったが、拳は飛んでこなかった。

侯爵は、手を強く握《にぎ》りしめ、震えさせていた。

「……出来ない……ッ」

絞《しぼ》り出すかのような侯爵の声。

その声は、本当に、とても、苦しそうだった。

私は、そんな彼の頬に手を添えた。

怒りではなく、恐怖《きょうふ》に身を震えさせる彼が、とても哀《あわ》れだと思った。

「……写真を見つけました」

私は、ガウンのポケットから一枚の紙を取り出す。

それは、この間図書室の本から滑《すべ》り落ちたモノだった。

「図書室の奥——それも、家人なら誰も手に取らないような、まだアティには早いと思われる児童書に挟《はさ》まれておりました。その本は何度も読み返した跡がありましたから、きっと侯爵様の、思い出の本なのでしょう」

私はその紙——写真を一瞥《いちべつ》してから侯爵に差し出した。

私から身体を離《はな》した侯爵は、震える手でその写真を受け取り、ゆるゆるとそれに視線を落とす。

そして、大粒《おおつぶ》の涙《なみだ》をボロボロと溢《こぼ》し始めた。

「そこに写っておられるのは、前の奥様——アティの母親ですね。……アティにそっくり」

彼はガックリと床に膝をついて、写真——アティにそっくりな美女と、その腕に抱かれた赤ちゃんが写った——を両手で抱えながら泣き崩《くず》れる。

「奥様を、本当に愛してらっしゃった。だから亡くした事が辛《つら》く、日に日に奥様に似てくるアティを見るのは——さぞかし辛かった事でしょう」

私は、床に蹲《うずくま》る彼の頭を、そっと撫でた。

私も、兄を亡くした。

双子《ふたご》の兄だ。

自分の片割れ。

兄が死んだ時は、身体が真っ二つに裂《さ》かれたかのような痛みを心に感じた。

暫《しばら》くは、身体が半分なくなってしまった喪失感《そうしつ》に苛《さいな》まれた。

だから、日に日に兄に似てくる弟の顔を見ると、兄を思い出して辛い時もある。

——けれど。

「だからといって、アティを放っておいていい理由にはならない」

私は、撫でていた侯爵の髪《かみ》をガッと掴《つか》む。

そして、無理矢理顔を上げさせた。

涙と鼻水でグッチャグチャなオッサンの顔にグイッと顔を近づける。

「彼女《かのじょ》が死んだ事実は変わらない」

そうハッキリ言いつつ、私は真っすぐに侯爵の菫色《ヴァイオレット》の瞳——アティと同じ色の瞳を見据えた。

「でも『死んだんだから忘れろ』なんて言わない。忘れる必要はない。無理だし。無理だからこそ、一度思いっきり泣いて喚《わめ》いて駄々《だだ》捏《こ》ねて、心から彼女の死を悼《いた》んで、受け止めて、最後にはちゃんと先へ進め」

そう侯爵に偉《えら》そうに説教しつつ、私の脳裏には、双子の兄を失って抜け殻《がら》となった昔の自分の姿が浮かんでいた。分かる。分かるよ。受け入れられない事実。理不尽《りふじん》な現実を受け入れたくないって気持ち。

でもな。

「お前には、アティが遺《のこ》されたろ」

私は、彼に染《し》み込むようにと、その言葉をゆっくりと伝えた。

ギョッと見開かれた侯爵の顔。

そんな彼のベッタベタになったヒゲごと、その顎《あご》を掴んだ。

「お前の妻だった女性は、いつまでもいつまでも自分の死にグッダグダ泣きベソかく事を望んでると思うか？」

侯爵は呆然《ぼうぜん》としたまま動かない。

仕方ないので更に言い募《つの》る。

「アティの母親は、アティを愛してなかったのか？」

そう発した瞬間、顎が左右に小さく揺れた。

「だろ？　彼女はアティを愛してた。幸せになって欲しいと、そう望んでた筈だ。で、どうだ？　アティは今、幸せだと思うか？」

少し間を置いて、また顎が左右に揺れた。

「じゃあ、お前がやる事はただ一つ。お前の最愛の妻が、やりたくても出来なくなった事を、お前が、アティに、やってやるんだよ」

写真の中で優《やさ》しく微笑《ほほえ》むアティにそっくりな美女。きっと、彼女がやりたかった事――。

「抱き締めて、優しく撫でて、声をかけて、目を見つめて――名前を呼んであげるんだよ」

そう吐き捨てて、私は侯爵から手を離した。糸をひいた。

ああ、手が……手がァ……。

ガウンの裾《すそ》で、皮膚《ひふ》が擦《こす》れて痛くなるまで手を拭《ふ》いた。

侯爵は床にくったりと膝をついた状態のまま、ポカンとした顔で私を見上げている。

「分かったか？」

確認の為にそう尋《たず》ねると、侯爵は一度、コクンと、頭を縦に振った。

「ヨシ。いい子だ」

私は満足し、その場を去った。

さーて！　これで大丈夫《だいじょうぶ》だろ！　大丈夫じゃなかったら、また泣かせればいい。

これで心置きなくアティの頭皮を吸えるぞ‼

私はスッキリした心持ちで、アティの寝室へとスキップして行った。

＊＊＊

アティは基本、一人で食事を摂《と》る。

朝も昼も夜も。

侯爵はなんだかんだ理由をつけて、食堂では食事をしない。

アティは喋《しゃべ》る人間もおらず、必要な事以外は喋らない世話役に給仕《きゅうじ》されながら、淡々《たんたん》といつも独りで食事していた。

それはいかん‼

食事は人生で睡眠《すいみん》と同じく重要！

食べる事は生きる事‼　生きる事は食べる事‼

嫌《いや》でも死ぬまで繰《く》り返すイベントである。

いわば自分を生かす為、健康を維持《いじ》する為の義務ではあるが、義務感、作業感だけでそれを繰り返すのは勿体《もったい》ない!!

と、いうワケで。

私はアティを馬に乗せ遠乗りに来た。

食事の話をして何故遠乗り？　といった感じだけれど。

折角美味しいものを食べるのなら、いつもと変わらぬ食堂で食べてもつまんないしさ。

だから、ピクニックを兼《か》ねてね！

食事マナーを煩《うるさ》く言う教育係も給仕もいないし。

え？　自分の為じゃないよ。そうじゃないったら。

屋敷で一番温厚な馬を借り、食事はリュックに詰めてもらった。

先に鞍《くら》の上にアティを乗せ、すぐさま自分も後ろに跨《また》がる。

危険だ危ないと騒《さわ》ぐ家人たちには「心配ならついて来いよ」とだけ言って先に出発した。

口で言って私が止まる女だとでも思ってるんだろうか？　もしそうだとしたら、その考えはさっさと捨てるべきだと伝えておけばよかったなぁ。

ウチの実家なんて、私を止めようとするなら何も言わずにいきなりタックルしてくるからな。しかも男三人ぐらいで。ま、避けるけど。

アティが乗ってるのであまり速度は上げず、少し速歩《はやあし》ぐらいで走る。

しかし、直接馬に乗った事がなかったのだろう、アティは鞍にしがみついて硬直していた。

「アティ、力入れてると首痛くなっちゃうよ」

さっきから馬の動きに揺さぶられて首をガックンガックンさせているアティの背中を、私のお腹《なか》にくっつけてあげる。

「私のお腹にぴったりくっついちゃったって感じにしてみて」

しかし、アティは緊張が抜けないのか身体がカチコチ。私はそれを身体前面でそっと包み込んだ。お腹にくっつけられたアティの背中から、彼女の物凄く速い鼓動が伝わってくる。愛《う》い！　愛い!!　愛いィ!!

「お馬さんの身体が動いてるね。私の身体も合わせて動いてるの分かる？　リズムを感じてみて」

こればっかは言葉で説明が出来ないからなぁ。自分の身体で馬のリズムを感じて合わせるしかない。

ま、慣れれば大丈夫！　私もいるし！

私は、アティに無理がかからない速度で馬を走らせた。

屋敷を出て市街地ではない方——なだらかな丘《おか》とその先に広がる草原方向へと向かう。

「ほら！　近くの木は早く通り過ぎるのに、遠くの山は全然近づかないね！　不思議だね！」

私のその言葉に、アティは遠くの山と通り過ぎた木を見比べる。

あまり外に出ないので物珍《ものめずら》しいのかもしれない。反応が初心《うぶ》で萌《も》える。萌え尽《つ》きそう。もっと色々教えたくなるね！

「走ると風を感じるね！　顔が冷たい！　あ、でも風の中に花の匂いがするよ！　これは何の花だろうね！」

風の中に感じた甘《あま》い香《かお》りにそう言うと、顔を少し上に向けたアティ。もしかして嗅いでる!?　花の香りを感じ取ろうとしてる!?　可愛い！　あの小さな鼻を頑張《がんば》ってクンカクンカさせてるの!?　ヤ

バい想像しただけで萌えで震える‼

「……だふね……」

え？

「うぃんたー、だふね」

聞き返すと、アティが少しハッキリとした言葉を発した。

うぃんたー、だふね？　あ、沈丁花《ウインターダフネ》か！

「これは沈丁花《ウインターダフネ》の香りなんだ！　アティは物知りだね！」

香りから花の名前が分かるなんて！　やっぱりこの子天才じゃん！　可愛いし天才！　もう既に完全体か⁉　もうこれは才能だよね⁉　才能だ！　天賦《てんぷ》の才だ！　この能力で調香師《ちようこうし》になれんじゃね⁉　そういう職業があれば、だけどね！　なければ作ればいい！　侯爵の権限で可愛い娘の為に職業作れないのかな？　女性が就《つ》ける職業。侯爵なら、やれば出来ると思うんだけど。

そうやってアティとあれこれお喋りしながら、二人で馬上の景色を存分に楽しんだ。

ピクニックに丁度良さそうな小高い丘の上にある木を見つけた。

その木の根元にシーツを広げてアティと二人並んで座る。

普通で良いと言ったのに、屋敷の料理人《コック》たちはアレもコレもと詰めてくれた。

女一人と幼児の分とは思えないほど色々と。あ、ジュースまで。果実酒《ワイン》は、ないか。そうかそうか。くっそう。

私があれこれ準備している姿を、アティは物珍しそうに眺《なが》めていた。

手持ち無沙汰《ぶさた》そうにしていたので、準備はアティの手も借りた。ちっちゃい手なのでちょっとハラハラしたけど。まぁ失敗した時はした時。別に誰かが爆発《ばくはつ》するワケでもなし。

晴れた空と少しだけ冷たい風が穏《おだ》やかに吹《ふ》き抜ける中、遠くまで見渡《みわた》せる最高のロケーションでピクニックをする事が出来た。

「いただきます！」

顔の前でパチンと両手を合わせてから、私はロールサンドに齧《かじ》り付いた。

ウマい。ホント美味《おい》しい。私は硬《かた》いパンの方が好きなんだけど、侯爵家ご自慢《じまん》の料理人が焼いたこのパンは絶妙《ぜつみよう》！

外パリ中フワ。そこに挟んだ鶏の燻製《スモークチキン》とチーズが最高。トマトもいいね。この酸味がチーズとの相性抜群《あいしようばつぐん》！

絶世の美幼女の母親になれただけじゃなく、こんな美味しい料理までいただけるなんて。幸せだなぁ。

妹たちにも食べさせてあげたいなぁ。

鶏《にわとり》、ちょっと多めに飼う事を勧《すす》めるか？　いやでも維持費《いじひ》がなぁ。鶏は寒さには強いけど狼《おおかみ》の格好《かつこう》の餌食《えじき》になるから防止策が大変だし。うーん……。

と、悩《なや》んでいると、ロールサンドを前にしたアティが、菫色《ヴァイオレット》の瞳が転がり落ちそうなほど目を瞠《みは》って、私の顔を見上げていた。

「どうしたの？　食べないの？」

口をつけないアティに、私の方が不思議に思いそう尋ねると、アティはちっちゃな両掌《りようて》をマジマジと見てから、恐る恐る手を合わせていた。

あ、そうか。

私は無意識にやってたけど、コレも前世の無意識の習慣だ。

私は食べかけのロールパンを置き、改めてアティの前で手を合わせる。

「これは、私の祈《いの》りのポーズだよ。だからアティは真似《まね》しなくてもいいよ。祈りのポーズは人によって違うからね。でもね、食べる時は『いただきます』っていう挨拶をすると、私は嬉しいな」

手を合わせる祈りのポーズは、宗教によるから強制はしたくない。事実、実家での祈りのポーズは、膝立ちになり胸に手を当て目を瞑《つむ》る。この手を合わせるスタイルは、家では私だけがやってる事だ。……いや、微妙《びみょう》に弟妹たちにも伝染《うつ》ってる気もするけど。

「いた、だきます？」

アティは両手を合わせてから、ん？　と小首を傾《かし》げた。

あああああ可愛い！　不意打ち！　今のは不意打ち‼　ハートがドーン！　ってなったよ‼　ドーンって！　身体に風穴開いてないか⁉

腰砕《こしくだ》けになりそうな身体をなんとか奮い立たせて、私は再度アティと対面する。

「そう、『いただきます』。これはね、この食事を作ってくれた人や、食材を育ててくれた人とか、全部の人たちに、そして、食材になってくれた全ての生き物に、感謝する言葉だよ」

自分の代わりに手を汚《よご》してくれた人、自分の代わりに労力を払《はら》ってくれた人、そして、命の犠牲《ぎせい》。

その全てへの感謝。

「……かみさま？」

ああ、そうか。侯爵家では神様に食事の礼を述べる風習があるのか。うーん。間違《まちが》ってないし、それも忘れちゃいけないんだけど、私はイマイチしっくりこないんだよなぁ。

だから――。

「そうだね。その全ての恵《めぐ》みとチャンスをお与《あた》えくださった神様にも。この食事に関《かか》わる全ての人に感謝しようか！」

そう言うと、アティはパァっと笑顔になった。ぐふっ。また不意打ち。やめて。そろそろ鼻血とか出しそう。

そしてアティは、改めて手を合わせて目を瞑る。

「さみゅえる、まぎー、るーかす、えふぃ……」

誰かの名前を呟き始めた。本当は頭の中で言ってるつもりなのかも可愛い可愛い可愛い。

あ、これはアティの家庭教師や子守たちの名前だね。

「とりさん、ちーずさん、とまとさん、えと……おやさいさん……」

ああ、食材たち。可愛いい。ちゃんと本当に全ての人や物に感謝しようとしてるんだ！

何この子やっぱり天使？

「ぜんのうなるかみさま、おとうさま、おかあさま」

躾《しつけ》完璧かよ。両親にまで感謝とか――

「……あたらしい、おかあさま。いただきます」

……今、私の事言った？

私にも、感謝の言葉、言ってくれた？

あ。ちょっと待ってヤバイ。

アティのうぐうぐモグモグの咀嚼音《そしゃくおん》が聞こえる。どうやら美味しそうに食べてくれてるみたい。

「おかあさま？」

アティが、先程《さきほど》から俯《うつむ》いてる私に声をかけてくれた。

私はなんとかアティの方を向かずに、

「ちょっと目にゴミが入っちゃった」

そう言い訳する。

泣いてない。泣いてないよ。

いや、泣いてる。この子の心の清らかさに感涙《かんるい》してる。ガッツリとな。

少し気持ちを落ち着かせ、垂れた涙や鼻水とかはゴシゴシ擦《なす》ってなかった事にし、私はアティとの食事を楽しむのだった。

＊＊＊

「アティは、沈丁花《ウィンターダフネ》がどんなお花か知ってる？」

ある晴れた日の午前中、庭に一緒に出たアティにそう質問すると、アティは目をまん丸に見開いて固まったのち、数度瞬《まばた》きしてから首を小さく横に捻《ひね》った。可愛いっ！

この日は冬の名残《なごり》の冷たい風が少し吹いていたが、空は綺麗《きれい》に晴れ渡《わた》っており気持ちがよかった。日向《ひなた》にいると太陽の暖かさをダイレクトに感じられる。絶好の外出日和《びより》だね！

先日アティをピクニックに連れ出した事が侯爵の耳に入り、家人を通じて『勝手に外に出ぬように』と釘《くぎ》をブッ刺されたので、今回は屋敷の庭でアティと遊ぶ事にした。屋敷の庭なら文句もねぇだろ。

アティが匂いで沈丁花《ウインターダフネ》が分かったって事は、草木が好きなのかもしれない。そう思って、今日は庭でアレコレやってみようと思った。

「……しろい、おはな……」

私の先程の問いに、アティがちっちゃな唇《くちびる》をアヒルみたいにとんがらせて、ボソリと応《こた》えてくれた。

私はニッコリと笑い、

「じゃあ、見に行ってみようか！」

そう言ってアティへと手を差し伸べる。アティはその手をおずおずと握って、私と一緒に歩き出した。

この屋敷の庭にも、沈丁花《ウインターダフネ》が植えられている事は庭師に確認済み。そこへとゆっくり移動する道中、空に雲が一つもない事、太陽がまだ東側にある事、風が北側から吹いてきている事などを、私はアティに笑いながら伝える。

その一つ一つの言葉を、アティは都度菫《ヴァイオレット》色の瞳を輝《かがや》かせながら聞いていた。

暫くそうして歩いていると、美しく整えられた低木が綺麗に整列する場所に、日焼けした肌《はだ》と深く刻まれた皺《しわ》がある顔を柔和《にゆうわ》に崩した男性庭師が膝をついて待っている姿が見えてきた。

そこへとアティを導き、その背中をそっと押す。そして庭師さんの隣へと立たせた。

「ようこそおいでくださいました、アティ様」

その庭師さんは、これ以上ない程顔を蕩《とろ》けさせ、アティに向かって自分の目の前にある低木を指さす。

そのこんもりとした丸いフォルムの低木の先には、四方に広がる葉っぱの真ん中に、小さな赤い蕾《つぼみ》が集まって塊《かたまり》となり、鎮座《ちんざ》していた。

「これが沈丁花《ウインターダフネ》にございます」

少し嗄《しわが》れた声で庭師さんがそう伝えると、赤い蕾の塊に、アティの口がポカンと開く。

「……あかい……？」

アティは、さっき自分が『しろい』と言った筈の花の蕾が赤い事に、驚いているようだった。

「アティは、沈丁花《ウインターダフネ》を見た事があった？」

彼女の斜《なな》め後ろへと膝をつき、私は問いかける。

アティは少し私の方へと振り向くと、小さく首を横に振った。

ほうほう。なるほど。アティは沈丁花《ウインターダフネ》の『香り』を知ってただけか。誰かに香りと、そしてその花の色だけ教えてもらっていたんだな。

「アティは沈丁花《ウインターダフネ》は白いお花だと思ってたんだよね。どうだろう？　実際はどうなのか、庭師さんに聞いてみよっか」

笑顔でアティにそう伝えて、彼女の背中をゆるゆるとさする。そうすると、アティは庭師の方へと顔を向け、ちょっと唇を噛《か》み締《し》めた。

その様子を見て、庭師の男性が口を開こうとしたので、私はアティには見えないように後ろから手で制する。それに気づいた庭師さんは、言葉を発さずに再度口を閉じた。

「アティ、聞いてみないの？　知りたくない？」

私はアティの背中を撫でながらそう問いかける。すると、アティがその腕をガシッと掴んで小脇《こわき》に抱えた。……その手は、少し震えていた。

――庭師に、直接話しかけた事がなかったんだね。そうだね。直接的な接点はあまりなかったのかも。知らない人と喋るのは怖《こわ》いよね。アティの周りには、子守の女性たちと、そして男性の家庭教師しかいなかった。それ以外の人――特に、老齢《ろうれい》の男性に、どう声をかけたらいいのか、分からないよね。

「大丈夫だよアティ。この方はアティのお家のお庭を綺麗に整えてくれる庭師さんだよ。アティが生まれる前からこのお屋敷にいるんだって。すっごく物知りだよ。きっと優しく教えてくれるよ」

腕をホールドして離さないアティの背中を、私は優しくポンポンと叩く。

アティの短い腕は変わらず震えていた。袖を掴む手に、更にギュッと力が入った事に気づく。

私も庭師さんもニコニコとしながら、アティの言葉をただ待ち続けた。

どれぐらい時間が経った頃か。

「……にわしさん……うぃんたー、だふねの、おはなは……しろく、ないの？」

恐ろしくちっちゃい声で、そう恐る恐る問いかけるアティ。

エライよアティ！　ちゃんと質問出来たねっ‼　もうそれだけで私は嬉しさで飛びそうだよ‼　多分ちょっと浮いてるよ‼

しかも。庭師さんも同じだったらしく、笑顔が天元突破《とっぱ》して、皺で目が隠《かく》れたよ‼　これ以上ないほど顔を皺々にしちゃってるよっ‼」

「そうですね……正確に言うと、白くもあります。こちらをご覧ください」

恐ろしく優しい声音でそう答えた庭師さんが、少し腰を浮かせてからアティにおいでおいでする。

横へと移動し再度膝をついて、低木の一部を指さした。

そこには、赤い蕾の塊の中で一つだけ開花した花があった。

アティは私の腕からスルリと手を離し、ポテポテとした足取りで庭師さんの隣へと移動する。そして指さされた花を覗《のぞ》き込んだ。

「……なかが、しろい……」

まるで目の前で手品を見せられた時のように、目を見開いて小さく驚きの声をあげるアティ。

かンわいいッ‼

「そうなのです。この沈丁花《ウインターダフネ》は、花びらの外側が赤で、内側が白いのですよ」

アティの初々《ういうい》しい反応を見て、嬉しそうにそう解説する庭師さん。

「なかが、しろい」

アティは花を指さし、私の方へと振り返った。

「なかが、しろいっ」

少しずつ興奮してきたのか、アティは再度私に向かってそう解説してきてくれた。

なので私は大袈裟《おおげさ》に驚いてみせる。

「本当だ！　蕾は赤かったのに、咲《さ》くと白いね！　面白《おもしろ》いね！」

……勿論私はソレを知っていたけど。でも、アティの発見に水を差《さ》したくないしな。驚きは共有したいよね！

私が驚いてみせた事が嬉しかったのか、それを見たアティが顔をキラキラと輝かせる。

「さくと、しろい。あかいのにしろい。おもしろいっ」

段々と鼻の孔《あな》を広げるアティ。……ッ。やだアティ！　その顔、ツボよっ!!　私のツボにダイレクトアタックかまさないでっ!!

庭師さんも、少し目を伏《ふ》せて肩を震わせていた。こっちも萌えツボを押されたみたい。

「……この場所には、複数の沈丁花《ウインターダフネ》が植えられておりますので、是非《ぜひ》他のもご覧になってください」

口元を手で覆い隠しながら、庭師さんはアティに向かって腕を広げてみせる。

それに導かれるようにしてアティは顔を上げた。

多分その瞬間、目の前以外にある他の沈丁花《ウインターダフネ》が目に入ったのだろう。両手を胸の前に持ってきて、小さく手を握り込む。そしてその場で、ちょっと飛んだ――え、ちょっと飛んだ？　ちょっと飛んだよね？　アティ。なにその行動っ！　可愛すぎんだろっ!!

アティはパタパタと走って別の低木の前に辿《たど》り着くと、そこにある蕾や既に咲いてる花をマジマジと覗き込む。

「コレ、すこしあかい。さっきより、しろい！」

そう興奮気味に捲《まく》し立て、次に隣の木を覗き込む。

「コレ、すごくあかい。はなのなか、すこしピンク」

まるで蝶《ちょう》が次々に花の蜜《みつ》を吸うかのように、沈丁花《ウインターダフネ》の木々の間をパタパタと移動しては、花を覗き込んで色を解説していくアティ。私と庭師さんは、その後をニコニコしながらついて歩き、都度都度彼女の新しい発見に驚いてみせた。

「アティ様、こちらはいかがですかね？」

庭師さんが、石畳《いしだたみ》を挟んで反対側に整列する低木を指さした。それを受けて、パタパタパタパターっとそちらへと走り寄るアティ。

指さされた先にあった沈丁花《ウインターダフネ》の蕾を覗き込み、

「しろい‼」

大きな歓声《かんせい》をあげた。

「コレしろい！　おそともしろい！　なかもしろい‼」

世紀の大発見をしたかの如く、腕をブンブン振って私へと報告してくれるアティ。私も同じテンションで手を叩いた。

「本当だ！　中も外も白いね！　こんな色もあるんだね‼」

実は私も白い沈丁花《ウインターダフネ》をあまり見た事がなかったから、実際に本当に少し感動した。

――あれ？　そういえば。

「緑色の花を咲かせる沈丁花《ウインターダフネ》もあると、聞いた事があるんですが……」

ふと言ってから、しまったと思う。コレ、違う。今世で聞いたんじゃない。前世で聞いたんだ。

「奥様はよくご存じですね。ありますよ。正確に言うと似てはいますが違う花で、香りも沈丁花《ウインターダフネ》のように強くありませんが」

庭師さんが、少し驚きつつそう返答した。……あっぶな。変な事を口走ってしまったんじゃないかとヒヤヒヤしたわ。この世界、前世の頃にいた世界と同じ物もあるけれど、違う物も結構あるからな。植生とかは特に。似て非なる世界なんだなって、時々ハッとさせられる。

「……みどりいろの、おはなが、さくの？」

私の言葉を聞いていたのか、アティがキラキラした目で庭師さんを見上げていた。庭師さんもそれに気づき、少し眉毛《まゆげ》を下げて地面に膝をついた。

「申し訳ございません、アティ様。そういった花は存在はしておりますが、この屋敷には植えられておりません」

庭師さんに申し訳なさそうにそう説明されたが、アティは顔をキラキラさせたまま。

「アティ。このお庭にはないって」

私もアティの横に膝をついて、改めてそう説明した。

花が萎《しぼ》んでいくかのように、さっきまで興奮で怒《いか》らせていたアティの肩が、ゆるゆると下へと落ちていく。

「……」

アティは無言のまま、顔を暗く落ち込ませた。

「……お手配致《いた》しますか？」

アティの顔を見て申し訳なく思ったのか、庭師さんがそうアティに問いかける。アティは質問の意味が分からなかったようで、疑問顔で庭師さんの顔を凝視《ぎょうし》していた。

「アティが、その緑色に咲くお花を見てみたいかって、聞いてくれているよ。アティは見たい？　見なくてもいい？」

庭師さんの言葉をそう翻訳《ほんやく》し、私はアティに問いかける。

アティは一瞬、輝いた笑顔をしたが——突然《とつぜん》、顔を硬直させた。

え、何？　どうしたの？

アティの表情の意味が分からず、私と庭師さんは思わず顔を見合わせてしまう。こんな反応、私の妹たちも見せた事は——あ、分かった。

私はとある事を気づき、アティの背中にそっと触れる。アティは固まった顔のまま私を見た。

「アティ、素直に言っていいんだよ。アティが緑の花を、見たいかどうか」

アティ、多分、『～したい』って、子守以外に対して言った事ないんだ。

いや、きっと、言った事はあっただろう。でも、拒否され続けたのかもしれない。

私の妹たちの中で、こんな反応をした子がいた。思い出した。どうしたのって聞いたら、最初は頑《かたく》なに教えてくれなかったのに、辛抱《しんぼう》強く聞き出したら『我儘《わがまま》言ったら怒られちゃう』って泣きながら教えてくれた妹がいた。

『～したい』という言葉を、我儘言うなと一刀両断された事があったのが、よほどショックだったようで。言えなくなってたみたい。

要望を口にする事は、我儘じゃないのに。無茶な要望を無理矢理押し通そうとする事が、我儘なだけなのに。

たとえ強く否定されていなかったとしても、要望を無視され続けたら、きっと言う事も出来なくなってしまう。——諦《あきら》めてしまう。

まだたった三歳のアティに、諦めなんて覚えて欲しくない。

「まずは庭師さんに聞いてみようか？　緑のお花を見せてもらえるか」

私はアティの背中をゆっくり撫でながら、そう優しく伝える。すると、アティが再度、私のその腕をガッチリホールド。……なるほどね？　アティが勇気を振り絞る時、こうするんだ。ふふ。懐かしい。私の妹たちも、私の手を握り潰《つぶ》さんばかりに強く握ってきたり、私の服の裾を引っ張ったりしてきてたなぁ。……服脱《ぬ》げるかと思ったわ。

アティは、息を吸ったり、止めたり、ハァと大きく吐き出したりしていた。

勇気をね。振り絞ってるんだよね。分かる。分かるよアティ！　頑張れアティ‼

三人の間に、まだ冷たい風が吹き抜ける。その中に、沈丁花《ウインターダフネ》の芳《かぐわ》しい香りが混じっていた。

「……みどりのおはな、いい？」

物凄く小さな声で、私の腕を掴んだ小さなこぶしを小刻みに震えさせながら、アティはそう、庭師さんに伝えた。

それを聞いた瞬間、庭師さんはまた目を皺の中へと埋没《まいぼつ》させた。

「はい、勿論にございます。アティ様がご所望《しょもう》するのであれば」

まるで、孫になんて事ない我儘を言われた祖父みたいな反応をみせる庭師さん。

彼の笑顔を見て、アティはハァーと大きくため息を漏《も》らした。さてはアティ、今、問いかける時、息を止めてたね？　可愛いなぁもう‼

「緑のお花、持ってくる事は出来るって。じゃあどうする？　アティは見たい？　見なくてもいい？」

私は最後のダメ押しをする。さぁアティ。自分のお願いを、言えるかな？　言えるよ！　アティなら出来るよ！　最後のひと頑張りだよアティ‼

「あてぃ、みたい。みどりの、おはな」

震える声で、それでもさっきよりは大きな声で、庭師さんにそうお願いするアティ。

「承《うけたまわ》りました、アティ様。楽しみにお待ちください」

庭師さんがニコニコとそう返答すると、アティはフヤフヤと顔を歪ませていった。菫色《ヴァイオレット》の瞳が涙で滲《にじ》んでいる。

ああ！　限界かっ！　でもよく頑張ったよアティ‼

私はアティに向かって腕を広げてみせる。するとアティは遠慮《えんりょ》なくその中へポスリと収まった。

頭を撫でつつ、ついでに頭皮の匂いをちょっと嗅ぎつつ、私はアティの身体を優しく抱き締めた。

「良かったねアティ！　庭師さんが、緑のお花を見せてくれるって！　嬉しいね！　庭師さん優しいね！　良かったね！　嬉しいね！」

私がアティに声にならない感情を代弁すると、胸の中のアティがコクコクと首を縦に振った。よく頑張ったね、アティ。今日は凄く頑張った。偉いよアティ。凄いよアティ。

まだ感情を上手く外に出せないアティ。でも大丈夫。ちょっとずつやっていけば、きっとすぐ出来るようになるよ。そうすれば、世界はもっともっと楽しくなるよ。

庭師さんも、アティの背中を優しく見つめていた。その目の端《はし》には、ちょびっとだけ光るものが。

みんなが、アティの成長を喜んでくれてるよ。

まるでアティがやっと踏《ふ》み出せた第一歩を祝うかのように、少し強い風が吹き遊び、沈丁花の良い香りを庭中に舞《ま》い広げていた。

屋敷《やしき》の中の鬼《おに》たち

食事を共にし、一緒《いっしょ》に寝《ね》て、一緒に遊んで。

アティとの距離《きょり》は随分《ずいぶん》近づいてきた。

乙女《おとめ》ゲーム中のアティは、悪役令嬢《れいじょう》のテンプレートなのかと思うほど酷《ひど》い女だったけれど、この時点での幼女アティは、まだ天使そのもの。

当初はモジモジしていて距離が少しあったたし、表情もさほど動かなかった。ちょっと顔が動いたな、と思っても、微妙《びみょう》に困った顔をするばかりだったたし。

でも、こちらが気にせず素直《すなお》に接していたら、向こうも心を開いて懐《なつ》いてくれたみたい。最初はあんなに控《ひか》えめだった『抱《だ》っこ』の要求も、すぐに腕《うで》を左右いっぱいに広げたリアクションになったたし。

やはり天使。間違《まちが》いなく天使。ゴリッゴリの天使。

将来、あんな乙女ゲームの悪役令嬢テンプレなんていうクッソ嫌《いや》な女になんか、させないからな。

絶対にっ！

力尽《ちからず》くにでもなっ‼

しかし。

それを面白《おもしろ》くないと思っていた人間もいたのだ。

……なんなんだよこの家。鬼の棲《す》む家かよ。

＊＊＊

「アティ様は、今日は奥様《おくさま》とは過ごせません」

アティの部屋に行こうとした私の前に立ちはだかったのは、アティの家庭教師をしていると紹介《しょうかい》された男性だった。

コイツ、私がアティに改めて挨拶《あいさつ》した場所にもいたな。家庭教師だったからアティの傍《そば》にいたんだな。最初、なんでアティの傍に護衛以外の男がいるんだろうと思っていたけれど。

多分私と同じぐらいの歳《とし》か。アティの教育工程を全《すべ》て管理しているヤツ。

名前は、サミュエル。

ソイツが今、私の行く手を阻《はば》んでいた。なんかムカつく。

いつものように、アティと一緒に寝て起きて朝ご飯を摂《と》った後。今日は何してアティと遊ぼっかなぁと考えていた私に、私付きになった侍女《じじょ》が教えてくれたのが――。

今日のアティは、乙女ゲームでの婚約者《こんやくしゃ》（のちに婚約破棄《はき》される）アンドレウ公爵《こうしゃく》家のところに行く予定になっているという事だった。

婚約前の顔合わせ――つまり内々定の為《ため》だな。

……当日までそれを知らされないって、どういう事？　一応これでも、アティの（義理の）母（の端《はし》くれ）なんだけれども？

突然《とつぜん》知らん家に行く事になったら、さぞかし不安になっているだろうと思った私は、アティの様子を窺《うかが》いにアティの部屋へと向かっていたのだが――。

邪魔《じやま》するかの如《ごと》く、アティの部屋へ向かう廊下《ろうか》のど真ん中に立って待ち構えていたのが、この家庭教師サミュエルだった。

「アティが今日、アンドレウ家に婚約前の顔合わせを行う事は存じ上げております」

それなのになんで継母《ままはは》ではあるけど母には変わらないのに同席出来ないのか知らんけど。

「アティが緊張《きんちよう》しているかもしれないと思い、景気付け――」

違った。

「緊張が解けるよう、お声がけさせていただこうとしただけです」

サラリとそう告げ、廊下に立ちはだかるサミュエルを避《さ》けようとした瞬間《しゆんかん》、再度彼《かれ》が私の前をサッと再度遮《さえぎ》った。なんだコイツ。動き速っ。

「ご遠慮《えんりよ》願います」

……ん？　今こいつ、なんてった？

「え？　なんです――」

「ご遠慮願います」

若干被《じやつかんかぶ》せ気味に返答きた。早っ。聞こえてたわ。そういう意味で聞き返したんじゃねぇわ。

「理由をお聞かせいただけますか？」

「いいえ」

は？

今、コイツ断った？　理由を言う事まで、断った？

「理由をお聞かせいただけない理由をお聞かせいただけますか？」

「いいえ」

「あら、そうなのですか。じゃあ、理由をお聞かせいただけない理由をお聞かせいただけますか？」

「いいえ」

ははっ。まだ言うかコイツ。

「そう、残念ですね。ではせめて、理由をお聞かせいただけない理由をお聞かせいただけない理由をお聞かせいただけますか？」

私、こういう納得《なっとく》いかない場面ではシツコイからな。覚悟《かくご》しろよ。

しつこくシツコク執拗《しつこ》く食い下がると、サミュエルは物凄《ものすご》いワザとらしく、仰々《ぎょうぎょう》しく、大げさに、溜息《ためいき》を吐《は》いた。

喧嘩《けんか》売ってんな。間違いなく。

左目につけた片眼鏡《モノクル》の位置を直し、ゆっくり、まるでアティに説明するように、まるで言葉がまだ不自由な人間に説明するかのように、噛《か》んで含《ふく》めるように言った。

「旦那《だんな》様のご意向です」

活舌《かつぜつ》いいな、オイ。

ここで侯爵《こうしゃく》の名前が出れば、立場が弱い私が引き下がるとでも思ったのか？

いい度胸だ。

その通りだ。クソっ。

そもそも、嘘《うそ》だろソレ。

そうだったとしたら、もっと早く侯爵はアティから私を遠ざけただろうよ。それに、あの侯爵の意向なんて知るか。

が。

「そうですか……私がアティを心配する気持ちは、まだ侯爵様にご理解いただけていないのですね」

口に手を当てて、サミュエルからサッと視線を外す。悲しげに見えるように。

ここで無理やり押《お》し通しても事を荒立《あらだ》てるだけだし。迷惑《めいわく》するのはアティだし。

気落ちしたように見せかけて、一旦《いったん》退いて別ルートからアティの所へ行こう。

そう思い、私がしずしずと引き返そうと身を翻《ひるがえ》した瞬間——

「下手な演技はやめろ、『北方の暴れ馬』が」

そんな罵声《ばせい》が背中に浴びせかけられた。

と、同時にぶつけられる敵意。

間違えようもない。今の声は、目の前にいるサミュエルから発せられた。

「突然どうなさったのですか？」

ゆらりと振《ふ》り返る。少し怯《おび》えたような顔で。まぁ、青筋ぐらいは立ってると思うけど。

そして、そこに立つサミュエルを窺うような目で見た。

彼は、いつもは常に浮《う》かべている笑顔《えがお》を全消しし、完全無表情で私を見据《みす》えていた。

「下手な演技はやめろ、と言った」

おい。いつもの慇懃無礼《いんぎんぶれい》さはどうした。これじゃただの無礼じゃねぇか。

「下手な演技、と申されましても」

そんな安い挑発《ちょうはつ》に乗るわけねぇべ。こちとら普段《ふだん》から散々見下されたり舐《な》められたり無意識の暴言吐《は》かれたりしてんだよ。こんなんでイチイチ切れてたら女で生きていけない。

私は悲しげな表情を作る。しかし、なるべくヤツから視線を外さなかった。

「あくまで演技ではない、と。まぁいい。そっちがそのつもりでも、全部お見通しだからな」

何をだよ。丁寧《ていねい》に接してるだけじゃねぇか失礼な。丁寧に接してる事が演技だと言うんなら、女として生きる事自体が演技じゃボケ。

「出戻《でもど》りの欠陥品《けっかんひん》女が」

……今のは聞き捨てならねぇな。

「どういう、意味です？」

私とサミュエルの間に不穏《ふおん》な空気が漂《ただよ》い始める。気持ち気温も下がったような気がした。

「子供も出来ず離縁《りえん》された癖《クセ》に、懲《こ》りずにまた新しい家に潜《もぐ》り込《こ》むとは。しかも、よりによって侯爵家に。役立たずの穀潰《ごくつぶ》しが。財産目当てか。上手《うま》く潜り込めたと思って、まずは娘《むすめ》から懐柔《かいじゅう》とは。下賤《げせん》な女はやる事違うな売女《ばいた》」

声には全く何の感情も込めずに、なのにとんでもねぇ罵詈雑言《ばりぞうごん》を繰《く》り出すサミュエル。

その言葉に何の反応も見せない私に、ショックを受けたのかと勘違《かんちが》いしたのか、彼は更《さら》に饒舌《じょうぜつ》に暴言を続ける。

「人の良い旦那様やアティ様は騙《だま》せても、俺《おれ》は騙せない。その低劣《ていれつ》さに鼻が曲がるんだよ薄汚《うすぎたな》い雌《めす》犬《いぬ》。品性のカケラもない顔を隠《かく》してサッサと実家に逃《に》げ帰れ雌豚《めすぶた》」

そこまで一気に捲《まく》し立てたサミュエルは、ヒトを散々罵倒《ばとう》して気が済んだのか、息をついて少し満足そうな顔をした。

さっきまでヤツの暴言が響《ひび》き渡《わた》っていた廊下に、逆に耳の痛くなるような静寂《せいじゃく》が降り立った気がする。何も言わない私を、顎《あご》を上げて満足そうに見下すサミュエル。

私は少しだけ視線を宙に漂わせたあと——

「……言いたい事はそれだけですか？」

向こうから言葉が出なくなったのを確認《かくにん》してから、ゆっくりと口を開いた。

少し距離を空けて立っていたので、スッと前に進んでヤツとの距離を詰《つ》める。

まさか近寄られるとは思ってなかったようで、ヤツは一瞬ギクリとした。

ヒールを履《は》いている為同じぐらいの身長となっているサミュエルに、息のかかる程《ほど》の距離までグイッと顔を寄せる。

驚《おどろ》きに戦慄《わなな》くヤツの口から目へと、私はジットリと視線を這《は》わせた。

「黙《だま》って聞いてりゃ好き放題吐きやがって。耳腐《くさ》るわ」

地獄《じごく》から響いているかのようなドスの利《き》いた声を発すると、サミュエルは目を見開いて一歩後ろに下がろうとする。

私はその両腕《りょううで》をガッと掴《つか》んだ。逃《のが》すか。

「何を勘違いしてんだお前。情報収集甘《あめ》ェんじゃねえのか？　その片眼鏡《モノクル》と頭は飾《かざ》りか、あ？　今回の婚姻《こんいん》は侯爵家からの申し入れだ馬鹿《ばか》。じゃなきゃ陰謀渦巻《いんぼううずま》く侯爵家なんかに誰《だれ》が来るかボケ」

私は、掴んだサミュエルの両腕を折らんばかりに強く握《にぎ》り締《し》める。このまま折ったろか。

「前回の離縁も子供が生まれなかったからじゃねぇよ。調査すんなら中途半端《ちゅうとはんぱ》にせずしっかり隅々《すみずみ》まで調べろや。中途半端が逆に危ねェんだよ。偽情報《にせじょうほう》掴まされて侯爵家の足引っ張る事になんのはテメェだよ」

そこまで言った瞬間、カッと彼の顔に赤みが差した。

「お前っ――」

咄嗟《とっさ》に言い返そうとしてきたサミュエルの口を手で塞《ふさ》ぎ、サッと足払《あしばら》いをかける。

グラリとバランスを崩《くず》した彼の身体を回して横の壁《かべ》に押し付けた。

そして、結婚するのだからと、金のない中で妹たちがお小遣《こづか》いを出し合って買ってくれた美しいピンヒールを、ヤツの横の壁にガッと突《つ》き刺《さ》した。

「あ？　言い返されないとでも思ったのか？　私を知ってるんだろ？『北方の暴れ馬』がただのお転婆《てんば》の事だとでも思ったのか？　足んねぇんだよお前」

実家から連れてきた侍女もおらず、孤立無援《こりつむえん》状態だから私が大人しくなるとか？　舐めてんじゃねぇぞ。

「娘から懐柔？　お前、目が節穴すぎんだろ。アティを真っ当な人間に育てんのはお前の役割じゃねぇのか？　なのに、家に閉じ込めて歴史やら数学やら後からでも構わない勉強漬《づ》けにして、挙句一人で食事させてやがって。お前の賢《かしこ》い頭の中の教科書には『情操教育』って言葉はねぇのか」

どんな教育も、まずそれを受け取れる為の『土台』が必要なのに。

学ぶ楽しさ、失敗する悔《くや》しさ、好きな事、嫌《きら》いな事、得意な事、苦手な事——世界には沢山《たくさん》の様々な人や物や出来事があるって事を、まず自分で感じて気づけるようになるのが、小難しい事を覚えるよりも前に必要な筈《はず》なのに。

なのにアティは。

だからアティは。

笑いもしない、泣きもしない、好き嫌いも言わない、何をしてもどう表現したらいいか分からないから、少し困った顔をするしか出来ない状態になってんじゃねぇのか⁉

「アティはまだ小さいんだよ。幼児なんだよ。だからまずは心を育てんだよ。安定した精神と知的好奇心《こうきしん》を持てるように、周りの大人が手を取ってあげて様々な出来事を体験させせんのが先だろうが」

壁にメリ込んだピンヒールが、更に深く刺さってメリメリという音を立てる。

サミュエルは、顔を真っ青にして口をパクパクさせていた。

「私を疑ってかかるのは構わないけど、それで大切な事が見えなくなってたら本末転倒《ほんまつてんとう》やろがい。お前の役目はアティを人間として成長させる事だ。それ以外考えんな。アティの事だけを考えてろ」

私は片腕《かたうで》をバンっと壁に突く。手がサミュエルの耳を掠《かす》めたからか、彼は肩《かた》をビクリと震《ふる》わせ萎《い》縮《しゅく》した。

「アティに役立つ物を何でも取り入れ、アティの邪魔になるものを排除《はいじょ》すんのがお前の役目だ。私が何をしてるのかよく見てれば分かる筈だろ？　見る物を間違えんな」

ヤツの鼓膜《こまく》と目を射貫《いぬ》かんばかりに、鋭《するど》い視線とドスの利いた声でそう吐き捨てた。

私が全てを言い終えサミュエルから少し身体を離《はな》すと、耳の痛い程の静寂が訪《おとず》れる。

あー！　言いたい事言えてスッキリした！

さっきまで煮《に》えくり返ってた腹も収まり、足を壁から離す。ついでに靴《くつ》も脱《ぬ》げた。

ああ、大切な靴がァ。壁にメリ込んで外れないィ！

グイグイ引っ張ってなんとか壁から靴を外し、履き直して服を整える。

気づいたら、サミュエルは床《ゆか》に尻餅《しりもち》をついて、ポカンとした顔で私を見上げていた。

ああ、こんな事をしてる間に、アティが緊張で部屋で縮こまってしまっているかもしれない！

もう、コイツがいらん邪魔をしてくるから！

私はサミュエルをヒラリとかわしてアティの部屋へと向かう。

と、一度足を止めて振り返った。

「言われなくてもそのうちいなくなるよ。離縁も時間の問題だ。それまでの間、私はアティに精一《せいいっ》杯《ぱい》の愛情をかけたいだけ。アティに、一人で立てる自立した素敵《すてき》な人間になって欲《ほ》しいの」

侯爵に喧嘩売って、家庭教師に喧嘩売られて倍額で買い取った私が、ここにいられるのはそれほど長くないだろうしね。

「だから、アンタも私をアティの教育に利用しなさい」

それだけを告げて、私はアティの部屋まで走って行った。


アティがアンドレウ公爵家のところに行く前になんとか間に合ったので部屋を覗《のぞ》いてみたら、メイドたちに綺麗《きれい》に仕上げられたアティが、どうしたらいいのか分からぬ様子で、ポツンと椅子《いす》に座《すわ》って途方《とほう》に暮れていた。

でもその姿は、超絶天才技巧《ちょうぜつてんさいぎこう》を持つ人形師が作り上げたかのような、ま・さ・に、奇跡《きせき》だった。

奇跡が。奇跡が今地上で起こってるよ！　今まさにここで発生してるよ！　神々《こうごう》しいよ！　目が潰《つぶ》れるよ！　清らかすぎて目が蒸発してしまいそうだよっ‼

絹のようなフワフワなプラチナブロンドの髪《かみ》は、ハーフアップの編み込み。瞳《ひとみ》と同じ菫色《ヴァイオレット》のレースのリボンが一緒に編み込まれており、美しい真っ青な宝石の髪留めで留められている。

ドレスは少し青みの強い紫《むらさき》だけれど、嫌味《いやみ》がない程に控えた色で、たっぷりとしたドレープとシルクの光沢《こうたく》でキラキラ。でもその上からレースとメッシュの布地が重ねられているので、キラキラも抑《おさ》えられて子供らしさがあった。

もう可愛《かわい》い。完璧《かんぺき》可愛い。天使とかいう言葉ですらもう陳腐《ちんぷ》。どう表現したらいいのか分からない。新しい言葉を開発しなきゃな‼

しかし、綺麗な姿とは裏腹に、アティの表情は曇《くも》っていた。

これから何をされるのか、どうすればいいのか分からず不安なのだろう。

何故《なぜ》、この家のヤツらは、彼女《かのじょ》に分かるように伝えないのだろうか？

確かにこの子はまだ小さいから、婚約とか難しい事は理解出来ないだろう。

でも、これから何処《どこ》へ行って何をすべきなのかは、ちゃんと言葉を選べば伝えられる筈だ。

私は、部屋の真ん中の椅子で不安げにするアティの傍へ寄り、膝《ひざ》をついて彼女と同じ目線になる。

そして、スカートの裾《すそ》をギュッと握りしめた彼女の小さな手に、自分の手をそっと重ねた。

私は一緒には行けない。

ずっと傍にいて、手を握っていてあげる事も出来ない。

だからせめて、彼女がこれから暫《しばら》く一人で頑張《がんば》れるようにしなきゃ。

「アティ。大丈夫《だいじょうぶ》だよ。どうして綺麗な格好《かっこう》をしたのか、これから何があるのか、これからどうするのか、何処に行って何をするのか、全部ちゃんと教えるからね」

そう優《やさ》しくゆっくり伝えると、アティの菫色《ヴァイオレット》の瞳が揺《ゆ》れる。そこには困惑《こんわく》が浮かんでいるのが分かった。

アティの頬《ほ》っぺたを人差し指でゆるゆる撫《な》でる。

「私は一緒に行けないけれど、でも、ここでずっと、待ってるからね。アティが帰って来るのを、この家でずっと待ってるからね」

不安げに揺れるアティの目を真っ直《ま》ぐ《す》に見つめて、私は笑顔で頭を優しく撫でる。そして、これからの事を、アティに分かる言葉で、ゆっくりと伝えていった。

＊＊＊

アティが乗る馬車を、屋敷の前に並んだ家人たちと一緒に見送った。

侯爵とは、行き先のアンドレウ邸《てい》で落ち合うそう。

アティには、家庭教師のサミュエルと子守頭《こもりがしら》のマギーが同行して行った。

そういえば、サミュエルは私を一生懸命《いっしょうけんめい》見ないようにしていたなぁ。少しビビらせすぎたかな？

ま、別に構わないけど。

私はアティがいてくれたらそれで充分《じゅうぶん》だしね‼

さて。

アティもいなくなった事だし――。

後をつけるか。

ほら。

やっぱり、心配だからさ。

初めて子供にお使いさせる時だってさ、後からコッソリつけてって様子を見守るのが定石じゃない？

大丈夫。男装するから。

私が男装すると、実家の人間以外は私だって気づかなくなるしね！　いやぁ、私の男装って完璧だからね。誰も女だと疑わなくなるんだよね！　ははっ！

……一抹《いちまつ》の疑問が残るのは気のせいか？

私は足早に部屋に戻《もど》って男装する。男装セットは実家から持ってきた。コッソリと。実家の人間にバレたら没収《ぼっしゅう》されちゃうからさ。

その後コッソリ厩舎《きゅうしゃ》へ行って、この間ピクニック行く時に借りた馬を失敬してきた。

大丈夫。すぐ返すし。

そして、馬を走らせアティたちの後を追った。

かなり時間がかかったが、なんとかアンドレウ邸に辿《たど》り着けた。

途中《とちゅう》、道に迷ったからではない。違うよ。道を聞いた熟女から熱視線を送られて、手を握られて何処の貴族のご子息様なのかと詰め寄られたからでも、決して、ない。

それにしても。アンドレウ邸は笑ってしまうほど広い敷地《しきち》だった。外からでは屋敷が何処にあるのか見えない。……世の中は不公平だ。こんなバッカデカい敷地に超豪華《ちょうごうか》な屋敷を構えているんだから。

うちの実家は広いけれど古いばっかりで、敷地の殆《ほとん》どは畑になってたし。

流石《さすが》に正面から入るワケにもいかなかったので、馬を適当な場所に繋《つな》いで敷地内に侵入《しんにゅう》した。

隅々まで手入れが行き届いていて美しい庭を抜《ぬ》け、暫く歩いて行くと、バカでっかい豪華な屋敷が見えてきた。

ここがアンドレウ邸だ。外見は実は見た事がある。乙女ゲームの中でね。

画面を挟《はさ》んだ向こう側だったので、その時はイマイチ凄《すご》さは実感出来なかったけれど、肉眼で見た屋敷は『どう金をかけたらこんなふうになるんだろう』という、一種の威圧《いあつ》を感じるほどだった。

ここでアティと、乙女ゲームの攻略《こうりやく》対象である、エリック・スタティス・アンドレウの婚約前の顔見せが行われるのだ。

アティ、大丈夫かな。知らない人に囲まれて怯えてないかな。誰か、アティの手を握ってあげてるかな。

ここにいる侯爵もサミュエルも役立ずだろうし。せめてマギーがなんとかしてくれないかなぁ。

――ん？

家庭教師――サミュエル。

子守頭――マギー。

この二人の名前を並べて考えた時、ふと既視感《デジャブ》が。

この二人の名前、確か乙女ゲーム中で見たような気がする。

見た。見た。確かに見た。

確か、この二人はタッグを組んで悪役令嬢アティを裏から操《あやつ》っていた奴《やつ》らじゃん！　エンディングによってはアティと一緒に断罪されたり処刑《しょけい》されたりする奴らだ‼

家庭教師サミュエルは、アンドレウ公爵家に傀儡《かいらい》としてアティを潜り込ませ、表に出ては都合の悪い情報を掴んで、裏から政治を操ろうとか画策してたヤツじゃん。今気づいた。

子守頭のマギーは、歪《ゆが》んだ愛情でアティを共依存《きょういぞん》に陥《おちい》らせて、自分も一緒に公爵家へ世話係として入り、贅沢三昧《ぜいたくざんまい》な生活を企《たくら》んでた性悪《しょうわる》女‼

……まぁ、この二人が断罪されたり処刑されたりするのは別に構わないし、どんな非業《ひごう》の最期《さいご》を遂《と》げようと知ったこっちゃねぇ。

操る為に、天使のアティを悪役令嬢に仕立て上げた事が気に入らない。むしろ、万死《ばんし》に値《あたい》する。ゲームやってた時、直接私が手を下せないのを歯がゆく感じたものだ。うん。

本当ならコイツらなんぞ放っておきたい。

でも、そうするとアティに悪い影響《えいきょう》を及《およ》ぼす。

しかも。

この婚約前の顔合わせでこの二人が並んでいるという事は、ここから悪い事が起こり始める可能性が高い！

だって、二人はここで上手く事を運んで、無事にアティをエリック（将来公爵）の婚約者にしつつ、その約束が後から反故《ほご》にされないように、盤石《ばんじやく》な基盤《きばん》を作らなければならない筈だから。

——あ、そうか。

アティとエリックの婚約が、正式にアンドレウ公爵家より出され賠償《ばいしよう》責任も負う、となったにもかかわらず、なかなか解消されずに拗《こじ》れる原因にもなった、理由。

傷だ。

悪役令嬢時代のアティには背中に大きな傷があって、その原因がエリックだった、という話を読んだな。アティを傷物（ここでは物理的な傷）にしてしまった代償として、エリックからはそう簡単に婚約解消が出来なかった、という設定だった筈。

もう！　ホントに悪役令嬢設定のテンプレだな‼

それ以外に思いつかなかったんか脚本家《きやくほんか》‼

まさか。

その「傷」の原因が、あの二人が画策した何かだったとしたら——。

アティが危ない‼

至宝の天使に消えない傷をつけるなんぞ言語道断！

あの野郎《やろう》ども！　生きては帰さねェぞ‼

お願いですから殺してくださいと靴の裏舐めて命乞《いのちご》いさせて、その上でミンチにしてやらァ‼

私は既《すで》に始まっているであろう婚約前の顔合わせの場所を探しに走り出した。

思い出せ、思い出せ。

乙女ゲーム中の悪役令嬢アティは、背中の傷の事を何か言ってなかったか⁉

消えない傷、傷物に、だから婚約解消は――ええい！　違う！　そこじゃない‼

何処で、どんな風につけられた傷なのか、その情報を言ってなかったか⁉

あんだけ周回したゲームなのに、悪役令嬢であるアティのセリフには注視してなかった。チックショウ！　もっとちゃんと彼女の話を読んでおけばよかった！

屋敷の横を走ったが、庭師などがいるだけでアティたちや身分の高そうな人間はいなかった。

ここじゃない。ここからでは埒《らち》が明かない。

傍に誰もいない事を確認してから、鍵《かぎ》が開いていた窓から屋敷の中へとスルリと滑《すべ》り込む。

廊下に降り立ち、左右を見まわして様子を窺った。

誰でもいい、アティの居場所を知ってる人は⁉

辺りに気を配りながらも、足早に廊下を歩いた。

暫くすると、廊下の突き当たりの先から、コツコツという複数の足音と女性の話し声が聞こえてくる。

よしチャンス！

――じゃなかった！　いかん！　男装しただけの姿では怪《あや》しまれる！

私は立ち止まってすかさずジャケットを脱ぎ、シャツの姿になりつつ腕まくりして、さも『この家の執事《しつじ》ですけど？』という顔をして、手巾《しゅきん》で窓をキュッキュと拭《ふ》いた。

女性の声と足音がより近づき、ふと、止まる。

「え？」

驚きの声が聞こえた。

そこで私はキリっと振り向き、そこにいたメイドと思《おぼ》しき二人に厳しい声を放つ。

「そこの二人。何をしている。窓が曇っていたぞ。今日は大切な日である事は分かっていただろう。何故手を抜いた」

なるべく低い声で、なるべく偉《えら》そうに。ただの男装だから、よく見られると執事と恰好《かっこう》が違うとあっさりバレてしまう。相手に考える隙《すき》を与《あた》えないように、先程脱いだジャケットをワザと音がたつようにバサリと振って威圧した。

「え、あの、私たちは――」

「言い訳無用。窓はその屋敷の顔。そこが汚《よご》れているという事は屋敷――その持ち主、旦那様の品性が疑われる事なのだぞ」

見知らぬ人間からいきなり偉そうに説教を食らったメイド二人は、目を白黒させて困っていた。

「今言いつけられている作業が終わったら窓を磨《みが》いておけ。いいな」

「は、はい」

有無《うむ》を言わせずそう圧をかけると、慌《あわ》ててペコリと頭を下げるメイドたち。

メイドを威圧して恐縮《きょうしゅく》させ、私はジャケットを腕にかけてメイドの方へと歩いていく。二人の横を通り過ぎ、そして足を止めて背中越《ご》しに再度声をかけた。

「そうだ。あと、アティ様とエリック様は、今どちらにいらっしゃる？」

本題はコレだ。これが本当は聞きたかった。

「あ、ええと。先程談話室からお出になられたので、今は奥庭《おくにわ》にいらっしゃるかと……」

メイドたちは声を震わせてそう答えてくれた。

「そうか。ありがとう」

そう礼を言い、歩き出そうとして、ふと思い返す。

私の背中を見ているであろう二人にクルリと振り返り、

「他の窓は本当に美しく磨き上げられている。良い仕事ぶりだな。日々仕事に真摯《しんし》に向き合っている成果だ。素晴《すば》らしい。今後ともよろしく」

そう、賛辞を述べておいた。

ごめんね。本当は、窓は全部元々ピッカピカだったんだ。話を聞きたくて難癖《なんくせ》付けただけだよ。良い仕事してるねっていうのは、本音。アンドレウ邸の使用人たちは真面目《まじめ》で働き者だなぁ。

二人からある程度離れるまでは優雅《ゆうが》に歩き、もういいか、というところまで来てダッシュした。

奥庭！　奥庭に今アティとエリックがいる！　早く奥庭に行かなければ！

……って、奥庭って何処だよ‼

まあ「奥」というからには屋敷の奥の方なのだろう。

私はアタリを付けて全力で走った。

どうか、どうか間に合って‼

＊＊＊

色々な使用人たちとすれ違い、時々呼び止められそうになりながらも、ガン無視して屋敷内をひた走った。屋敷広い‼

屋敷正面は如何《いか》にも『左右対称《たいしょう》の屋敷です』って顔してたクセに、裏側は増改築を繰り返したのか複雑な構造をしていた。他の棟《むね》へと繋がる渡り廊下があったり、庭に突き出した形で行き止まりの部屋と廊下があったり。長い歴史があるからだな⁉　流石アンドレウ公爵の屋敷！

しかも。奥庭のドコにいるんだよ⁉　広すぎて子供たちがドコにいるのか分からんわ！

でも多分、大人の目の届かない場所には行かせないだろう。恐《おそ》らく庭に出てたとしても、屋敷建物のすぐ傍にいる筈。でも一階からじゃ庭が見通せない。一階はプライベートエリアだろうから、見知らぬ人間がいるだけで咎《とが》められる。

が。

そんな事気にしてる場合じゃねぇ！　間に合わなかったら意味がない！

私は二階へと続く階段を見つけて駆《か》けのぼり、奥庭に面していたバルコニーへと出た。

手すりから身を乗り出し、少しだけ高くなった視界で奥庭を見渡《みわた》す。

素早《すばや》く首を巡《めぐ》らせ子供たちの姿を探した。

建物のすぐ近く、子供が興味を持ちそうな物がある場所。何処だ⁉　何処だ⁉

素早く巡らせた視界の端に、何かあった気がして視線を戻す。

私が今身を乗り出していたバルコニーから見て右方向、ここから少し離れた場所——庭先の、屋敷の壁のすぐ傍にある小さな噴水《ふんすい》の所。そこに蹲《うずくま》ってモゾモゾする二つの影《かげ》があった。

よく見る為に、私はバルコニーの端に駆け寄って再度身を乗り出して確認する。

金髪《きんぱつ》の小さな頭とプラチナブロンドの小さな頭。

——あれだ！　いた‼

何処から降りれば――再度首を巡らせて一階へ戻る道筋を確認しようとした時、ガバリと誰かに後ろから羽交《はが》い締《じ》めにされた。

「貴様誰だっ⁉」

男の声。多分この屋敷の使用人の誰か。しまった気づかれたか！

「放せ！　今それどころじゃない‼」

押さえつける男の腕をなんとか振りほどこうともがく。

「アティ！　アティ‼」

遠いがなんとか声が届かないかと、喉《のど》が張り裂《さ》けそうなほど叫《さけ》んだ。

「アティ‼　危ないからエリックと一緒に屋敷の中に入って！　アティ‼」

怪我《けが》をするならおそらく屋外！　兎に角アティに屋敷の中に戻ってもらわなきゃ。

くっそう！　邪魔だなオイ‼　誰だ羽交い締めにしてんのはっ‼

私が大騒《おおさわ》ぎしてしまったせいか、庭からバルコニーを見上げる使用人たち、屋敷の窓から顔をのぞかせてこちらを見る人たちなど、私が注目の的となる。

いや、騒ぎを起こして良かったのかも。そうすれば何かが起こるとしてもタイミングが悪いと判断されて――。

そう思い、一瞬力を抜いた瞬間だった。

屋敷の壁際《かべぎわ》にいるアティとエリックの――上。屋敷の二階の窓と思われる場所から、人間の腕がにゅっと伸《の》びてきたのが見えた。

その手には真っ昼間にもかかわらずランタンが。

――私の背中は醜《みにく》いの。焼け爛《ただ》れて見るも無残。それもこれも、全部全部そこのエリック様が悪いのです――

耳に、悪役令嬢アティの声が蘇《よみがえ》る。

焼け爛れ……火傷《やけど》。ランタン。

もしかしてッ……‼

「アティィ‼」

私は思い切り首を後ろに振り抜く。ゴスッという重い音がして、羽交い締めにされた腕が緩《ゆる》んだ。その隙に腰《こし》を後ろに突き出して、後ろにいた人間の胴体《どうたい》にヒップアタック！ ついでに傍にいた誰かの顔に裏拳《うらけん》を叩《たた》き込む。

屈《かが》んで左右から伸びてきた腕を掻《か》い潜《くぐ》り、私はバルコニーの手すりに両手をかけた。

「アティ上‼ 逃げて‼」

そう叫ぶとともに、私は手すりを掴んだまま足を後ろに蹴《け》り上げる。倒立《とうりつ》前転の要領でそのままバルコニーから一回転しつつ飛び降りた。――けど、思ったより高かったアッ‼

内心ヒヤリとしつつも、膝で衝撃《しょうげき》を吸収してズシャッと四つん這《ば》いで地面に着地。怖《こわ》かった！

流石に騒ぎに気づいたのか、アティとエリック、幼い二人が地面に着地した私の方を見ていた。

しかし、二人は上には気づいていない。

二階の窓から伸びた腕。ぶら下がるランタン。

フワリ。

手を離されたランタンが自由落下を始める。

下にいる、アティめがけて。

そのシーンは、酷くゆっくりに見えた。

ランタンが今まさにアティの身体《からだ》にぶつかろうとした瞬間。

「さァせエるかボケエエエエエ‼」

私は、懐《ふところ》に入れてあった懐中時計《かいちゅうどけい》をぶん投げた。

カコォンッ！

その懐中時計は見事命中し、ランタンの落下位置がズレる。

しかし。

アティにはぶつからずに地面に落下したランタンが、ボッという音を立てて燃え上がった。

「‼」

自分の足元で燃え上がった炎《ほのお》に、その場にいたアティとエリックが慌てふためく。

「大丈夫だよッ‼」

私はダッシュしつつ、二人になるべく元気な声をかけた。

そして、タックル‼

二人の身体を抱《かか》え込み、二人を押しつぶさないように身体を反転、肩と背中から地面に着地してスライディングした。

まだ油断出来ない！

二人を地面に転がし、服などに燃え移ってしまった火を叩いて消した。

「何処か痛くない⁉　熱くない⁉　大丈夫⁉」

焦《こ》げた服を払ってその先にある二人の子供の肌《はだ》を見る。

少し赤くはなっていたが、痕《あと》が残りそうな程の火傷にはなっていなかった。

よかった……。

「無事で良かった……」

心からの安堵《あんど》に、私は二人の身体をギュッと抱き締めた。硬直《こうちょく》した二人はなされるがまま。

よかった。本当に良かった。これなら大した怪我じゃない。冷やしておけばすぐ綺麗に治る。少しの間ヒリヒリするかもしれないけれど、まぁ多少の傷は子供の頃《ころ》なら当たり前なものだし。大丈夫、大丈夫。問題ない。

ああ、本当に、良かったぁ……。

ビックリして動けない二人。

ふと、私の視界に、焦げた髪の毛が入ってきた。

焦げてチリチリになったプラチナブロンドの毛先――

「アティ‼」

私はエリックから手を離し、アティの焦げてしまった毛先に視線を這わす。

長い髪の三分の一程が焦げてなくなってしまっていた。

「アティ……アティ……可哀《かわい》そうに髪の毛が……」

あんなに美しかったアティのプラチナブロンドが……。

絹糸のような光沢のフワフワな髪の毛が……。

犯人、マジ、許サナイ。

地獄ガ快適ダナト思ウヨウナ目ニアワセテヤル。

「……おかあさま……？」

すぐ傍からした小さなアティの声に、私はハッとする。

彼女は、私の顔をペタペタ触《さわ》りながら不思議そうな顔をしていた。

「だ……だれだおまえ？」

傍にいたエリックも、私の顔を見て目をまん丸にしている。

……しまった。

私は、ここにいては、いけない人。

アティを助けた後の事、全然考えてなかった。

ワラワラと集まってくる使用人たちを前に、私はどう言い訳しようかとグルグルと思考を巡らせた。

「アティ様！」

「エリック様！」

アンドレウ邸の使用人たちが、バラバラと屋敷の中から走り出てきて、庭の端にいる私たちを取り囲む。

うーん。

どうしよう。

逃げられるかな。逃げた方がいいかな。

いや、別に私は悪い事はしてないな。うん。

ちょっとアンドレウ邸に忍《しの》び込んだだけだし。いや、それもアティを助ける為だったワケだし。忍び込んだけれど。忍び込んだんだよね。

うーん。

ヤバイ？

いや！

私は何も恥《は》じる事などしていない!!

こういう時は堂々としているのが一番だ!!

私はアティとエリックをひょいっと抱っこする。重っ。流石に片手で一人の子供を抱っこするのはキツかった！

頑張れ自分！　一瞬で済む!!

「私は通りすがりのとある貴族の子息だ！　アティ嬢《じょう》に危険が迫《せま》っているとの情報を受けて確かめに来た！」

正々堂々と私は声を張り上げる。

男装していたから、母だとは名乗らなかった。名乗っても信用されないだろうし。

なんせ、私の男装は完璧だから。完璧……だから。ははっ。

みんなが、ギョッとした顔をする。

そりゃそうだ。なんで通りすがりが屋敷の中の、しかも奥庭にいるんだって話だよね。分かってる。分かってるよ！　分かってるけどスルーして!!

「そうしたら事実、アティ嬢が危険な目に！　一緒にいたエリック様にまで危険が及んだ！　何者かがアティ嬢に火傷を負わせようとしたのです！　誰か、怪しい者の姿を見た者はいないか⁉」

話を私から逸《そ》らすんだ！　ここで重要なのは、私の正体じゃなくてアティを害しようとした犯人だから。

人混《ひとご》みの中から、少しずつ手が上がる。

その手が――私を指さした。

正解。

うん。そうだね。通りすがりのとある貴族の子息。怪しいね。

そうじゃなく‼

「二人が奥庭で遊んでいる事を知り、二階からランタンを落としたヤツがいる！　見ただろう！　ランタンが地面に落ちて燃えたのを！」

それを言うと、使用人たちがザワザワしだした。

ランタンが燃えた炎は見た人が多いからな。っていうか、まだ燻《くすぶ》ってるからな、うん。

私が今言ってる事が事実だと分かっている人もいるだろう。

どういう事なのかと、その場にいる人間たちが混乱し始めた時――

「何の騒ぎだ！」

人混みをかきわけ、奥から身なりの綺麗な人間が出てきた。

アレは誰だ。あ、乙女ゲーム中のエリックに似てる。って事は、エリックの父アンドレウ公爵か。

ゲーム中では壮年《そうねん》になりかけてたけど、まだ若いな。当たり前か。

そしてその後ろには、これまたしっかりした身なりの男が。あれは誰だろう？　執事長とかではなさそうだ。貴族だな。アンドレウ公爵の兄弟とかか？　にしては似てないけど。

まあいい。

この場で一番偉い人が出てきてしまったら、話がややこしくなる。

ヤツの鶴《つる》の一声で私が犯人にされかねない。

「アンドレウ公爵！　貴方《あなた》の屋敷の中で、アティ嬢とエリック様が何者かに火傷を負わされそうになった！　何か企んでいる者、忍び込んだ者がいるかもしれない！　今すぐ屋敷を捜索《そうさく》して警護の強化を！」

私はそう言いつつ、腕に抱いたアティとエリックを地面に下ろした。

あー重かった。腕、ちょっと痙攣《けいれん》してる。

「お前は誰だ⁉」

ごもっとも。

高説垂れる前に名を名乗れって事だよね。

うーん。ま、いっか。

「私の名はセルギオス！　ただのセルギオス‼」

セルギオス。

失った、双子《ふたご》の片割れ。

私の半身、亡《な》くなった兄の名前。

「さらばだ‼」

それだけを告げ、私は人の少ない方向にダッシュ！

人だかりを肩タックルで突破《とっぱ》し、野次馬《やじうま》をしにきていた庭師たちを押しのけて、庭の木々の中へと逃げ込んだ。

「逃すな！　追え‼」

後ろから、慌てたそんな声が聞こえてきた。

はははは‼　野山を駆けずり回った私の足について来られるかなっ⁉　『北方の暴れ馬』の名前は伊達《だて》じゃないぞ！

庭木をひょいひょいと避けつつ全力ダッシュ。

すると、追ってくる人の声が段々遠くなっていった。

そのまま私は屋敷の外まで無事到着《とうちゃく》。そして、隠しておいた馬に跨《また》がって颯爽《さっそう》とその場を後にした。

早く帰らないと！

アティが帰ってきちゃう！　急がないと！

＊＊＊

屋敷に戻り馬を返し、部屋に戻った。窓から。

服はところどころ焼け焦げていたし、逃亡《とうぼう》中に木にひっかけたり破けたりしていた。ああ、男装用の一張羅《いっちょうら》がっ……。

実家に連絡《れんらく》して新しいのを――くれるワケないか。お金はもとより「何に使うのです？」という冷たい母の声が聞こえてきそうだ。ははっ。

でも。

アティは無事に助けたし良かった。

一つ心残りがあるとすれば。

落下してきたランタンにぶつけた懐中時計だな。あれはお祖父様《じいさま》から兄に引き継《つ》がれた大切なものだった。

兄——セルギオスが亡くなった時に、形見として譲《ゆず》り受けた。

大切な兄の形見を、失ってしまった。

でも、アティの命や傷には代えられない。

セルギオス、ありがとう。

セルギオスのおかげで、アティが無事だったよ。

本当に本当に、ありがとう。

そうしていると、屋敷がザワザワし始めた事に気が付いた。

ああ、アティたちが帰ってきたのか。

なんで誰も私に声かけに来てくんないんだよ。

ま、勝手に行くけどね。

私は部屋から足早に出て玄関《げんかん》ホールへと向かう。

ああ、その前に。

ちゃんと頭に入れておかないと。

私は、アティが軽い火傷をしたとか髪を燃やされたとか知らない。知らない。

だから、アティを見て驚くんだ。驚くんだぞ私。驚けよ。

……うーん。事前にこういう事を考えてると、なんか上手く出来ない気が、そこはかとなくするなー。演技、出来るかなぁ。

玄関ホールに辿り着くと、今まさにアティが屋敷の中へと入って来るところだった。

「アティ！」

私は声を弾《はず》ませてアティの名を呼ぶ。

「おかあさまっ」

私の声に気が付いて、振り向いて天使の微笑《ほほえ》みを投げかけてくるアティ。

ああ神の至宝。上天使。笑顔が神々しい‼　既に神‼

私は階段を駆け下りてアティの元へと駆け寄る。

そして膝をついて腕を広げた。

遠慮なくその胸に飛び込んでくるアティ。

「おかえりなさいアティ！　アンドレウ邸はどうだった？」

『楽しかった？』と聞きたかったが、言葉が出なかった。——楽しくはなかった事を、私は知っているから。

抱き締めた時、またアティの髪が目に入る。

焦げた部分はなくなっていたが、かなりバッサリ肩口あたりで切りそろえられていた。整えてもらったのか。ああ……あの美しかった髪が……。

「アティ、その髪はどうしたの？」

アティの身体を離して顔を見ると、頬っぺたにもガーゼが当てられていた。

……顔も火傷したのか。あの時は気づかなかったな。アティもエリックも、びっくりしたせいか頬っぺたが真っ赤になってたから。

「頬っぺたまで……何があったの？」

私はそっとアティの頬《ほお》に触《ふ》れる。アティが一瞬ビクリと身を引いたので、それ以上触らず、代わりに身体を再度ギュウっと抱きしめた。

「その話は後で」

アティの後ろから野太い声がする。

執事たちを引き連れた男が、偉そうに私を見下していた。

「……？」

誰？　これ。

黒髪《くろかみ》にヒゲのない顔。少しやつれ気味な目元。……え、誰？

「……私への迎《むか》えの言葉はないのか」

迎えの言葉って。なんで知らん人間出迎《でむか》えなきゃならら――え。まさか。

「こ……侯爵様？」

「何故疑問形なのだ」

「いやだって……」

ひげ。ヒゲないよ髭《ひげ》。あれはお前のアイデンティティじゃないのか？

「お顔が……前と異なっていらっしゃって……」

だって、乙女ゲーム中も悪役令嬢アティの父にはヒゲがあった。そのせいでまぁ人相が悪く見えたもんだったし。まあ悪役令嬢の父ならそんなもんかと思っていたけれど。

これは、ええと。どういう事？

結構年上だと思っていたアティの父は、思ったよりは若かった。私と同じか少し上ぐらいじゃないのか？

「髭は剃《そ》った。もう、必要がないからな」

必要がない？　ごめん、全然意味が分からない。何？　今までは防寒の為に生やしてて、春だから剃ったとか、そういう事？

……あ。この顔。

さっきアンドレウ邸で、アンドレウ公爵の後ろにいた偉そうな男だ。

あれ、侯爵だったんだ。……気づかなかった。

しまったなぁ。ガッツリ見られてたんじゃないか。バレないかなぁ……いや、バレないか。だって私の男装は完璧（涙《なみだ》）。

実際に、男装して忍び込んだ貴族子息対抗剣術大会《たいこうけんじゅつ》で、誰も私が『女』であると気づかなかったし。戦いの最中、息が詰まらないようにと顔も隠してなかった。でも、誰にも咎められなかったし、誰一人私を女だと疑う人間もおらず――結構良い結果残しちゃったりね☆　……アレは、ちょっと、やりすぎたかもしんない。

「兎に角、今日は疲《つか》れた。話は追ってするから取り敢《あ》えず下がれ」

「はい」

侯爵がヤレヤレといったテイで私を追い払うので、ここは素直に応じた。

と、いっても。アティを抱き上げてアティと一緒に部屋へと戻ろうとする。

「お……奥様」

家庭教師のサミュエルが私を止めようとしたが、一瞥《いちべつ》しただけで彼は言葉を詰まらせる。ふん。止めたいなら止めてみろ。また壁ドンしてやるぞ？

家人や他の人間たちがアワアワする中、私はアティを抱き上げたまま、彼女の部屋へと向かうのだった。

道中、アティにどうだったのかと尋《たず》ねながら。

＊＊＊

「あのね！　ぼっ！　ってね！　なってね、そしたらね！　おかあさまがね！　どんって！　あとね、せる……せるいおす？　せるみおる？　せる……になってね！　すごかったの！」

いつものようにベッドに一緒に入って、寝しなのお話をしようかと思ったが。

今日はアティのお喋《しゃべ》りが止まらなかった。

昼間の事を興奮冷めやらぬ感じで、止めどもなく喋る喋る。

ベッドに横になりつつも、顔を真っ赤にして激しい手振りで私に説明してくれている。

私は笑顔でうんうん頷《うなず》いていた。

うん。天使。パタパタ動かす短い手脚《てあし》が最高よ。そのまま翼《つばさ》が生えて飛んでいきそう。飛んでもいいよ。捕《つか》まえちゃうからっ！

しかし良かった。

今日の出来事がトラウマとかになってたらどうしようかと思ったけれど、幸いそうはならなかったよう。それが本当に良かった。

乙女ゲーム中の悪役令嬢アティは、攻略対象の婚約者エリックに関わる時は、背中の傷の事を本当、執拗に、一種その不幸に陶酔《とうすい》した状態で、何度も何度も何度も何度もネチネチねちねちネチネチ言っていた。

恐らく、トラウマになったと同時に、その傷がエリックと自分を繋ぐ『絆《きずな》』のように感じていたのだろう。それをエリックに理解させたくて、思い出させたくてシツコくしていたんだろうな。

アティは父である侯爵との縁《えん》が薄《うす》い。乙女ゲーム中の継母からは、冷遇《れいぐう》どころか蔑視《べっし》されていたようだったし。

私はそんな事しないもんね。だってアティは天使だもん。宝ですよ宝。至宝です。

さて、問題はここからか。

事件が未遂《みすい》に終わったせいで、恐らくここから色々な事が変わるだろう。

乙女ゲーム中の設定とは大きく変わったのだ。

アティの背中には傷はない。

またそれによって公爵家との婚約も盤石にはならなかった。

さて、あの家庭教師サミュエルと子守頭マギーはどうでるかな？

こっから先は慎重《しんちょう》にいかないとな。

アティを、無事自立した一人の素敵な女性にするまでは、気を抜かないぞ！

心の中でそう拳《こぶし》を握りしめて天へと掲《かか》げていたら、キョトンとした顔でアティが私の顔をペタペタと触ってくる。

「おかあさまは、せるいおる、なの？」

まぁそうだよね。アティはいつも私の顔を間近で見てるからね。

流石にアティにはバレちゃうか。

でも。アティの口から万が一事実がバレたら面倒《めんどう》だし。

「私はセレーネだよ。今日はずっとこのおうちにいたよ。セルギオスは……誰だったんだろうね」

そう優しく囁《ささや》いて、頭をそっと撫でた。

アティは、よく分からないといった顔をする。

ゴメンね。嘘ついて。

でもね。

私はどんな嘘をついても、アティを守るよ。

「セルギオス、カッコ良かった？」

「かっこよかった！」

「そっか！」

アティのヒーローになれたのなら嬉《うれ》しい。

よし。これからアティを陰《かげ》で守る時はセルギオスになろう。

影のヒーロー。カッコいいじゃないか。

「じゃあ、夢にセルギオスが出てくるといいね」

「うん！」

アティにしては随分と興奮してる。全然寝てくれる気配がない。今日の夜は長そうだ。

でも嬉しい。普段は大人しくて感情の発露《はつろ》があまりなかったから。こんな子供らしいアティが見れて嬉しい。

ああもう。最高！　こんな夜なら大歓迎《かんげい》！　女二人で朝まで騒ごうぜイェイ‼

コンコンコン。

盛り上がった私の気持ちに水を差したのは、そんなドアのノック音だった。

……誰だ、こんな時に。

どうぞ、という声とともに開いた扉《とびら》の向こう側には——

「おとうさま？」

アティは、予想だにしなかった人間がそこに立っていた為、突然身体を硬直させた。

そう、そこにいたのはアティの父カラマンリス侯爵だった。

今まで、私がこの部屋にいる時に侯爵が訪ねてきた事はない。アティの反応を見る限り、多分今まで殆ど来た事はないのだろう。

アティが、どうすればいいのかと固まってしまった。

私は、そんなアティの頭をゆっくりと撫で、

「お父様だよ。おやすみの挨拶をしに来たの」

そう説明した。

「おやすみの……あいさつ？」

アティが目をまん丸にして、私と侯爵を見比べる。した事ないもんね。そりゃ驚くわ。

「そうだよ」

私はサラサラとアティの前髪をかき分け、その額にそっと唇《くちびる》を落とした。

「ね？　侯爵様？」

そして、ゆっくりと侯爵へと振り返り、軽く顎でしゃくる。

その瞬間、侯爵はビクリと身体を揺らした。

「そうですよね？　侯爵様？」

お前の番だ。

私は目で、そう告げる。

侯爵は、暫く逡巡《しゅんじゅん》した後、ギクシャクとしたぎこちない動きでアティのベッドの横まで来る。

しかし、またそこで動きが止まった。

アティも頬っぺたを真っ赤にしてドキドキしながら待っている。

私はもう一度、侯爵に見せつけるように、アティの額にキスを落とした。

「おやすみアティ」

そして私はベッドから降りる。

スッと立ち上がり、硬直する侯爵をジッと見つめた。

行け。今だ。チャンスを逃すな。

目にあらゆる念を込めてヤツに叩きつける。

それを受けて、侯爵はアティのベッドに手をかけた。

ギシリとベッドが軋《きし》む。

ノロノロとした動きで、アティの額に手をかけた。

そして。

ゆっくり、アティの額に口付ける。

「お……おやすみ、アティ」

身体を起こし、侯爵はボソリとそう呟《つぶや》いた。

よし。やれば出来るじゃん。

アティは、今にも泣き出しそうな顔で、そう返事をした。

「おとうさま、おやすみなさい」

分かる。あれは、嬉しいんだ。

感極《かんきわ》まって涙が溢《あふ》れそうになったアティは、それを隠すように布団《ふとん》を頭まで被《かぶ》ってしまった。何その可愛い仕草。そんなんアリか。

胸に広がるキュウンという締め付け。もう！　そんなん見せられたら、その布団ごとアティを抱きしめてベッド中転げ回るのに‼

今はしないよ。侯爵がいるからね。

いなかったら？　してるよ。秒でな。

アティの返事に、侯爵は布団の上からアティの頭を一度ゆっくり撫でる。

顔を上げた侯爵の顔は、アティに負けずに真っ赤になっていた。

「よく出来ました」

私は彼の背中に、そう小さく囁きかけた。

＊＊＊

その後、侯爵の寝室《しんしつ》に呼ばれた。

ま、そういう意味じゃないのは重々承知しているが。

来たのは侯爵を泣かせた日以来か。

あれ以来、彼は私を徹底的《てってい》に避けていたからな。

導き入れられ、寝室の中に入る。

アティが待ってるし、ゆっくりする気もなかった為、私は部屋の真ん中まで歩いて行ってから、ゆっくりと振り返った。

扉を閉めた侯爵は、盛大《せいだい》にため息をついて、さっきまで怒《いか》らせていた肩をガックリと落とした。余程緊張していたんだな。

まぁ仕方ない。今までアティにまともに接した事がなかったからな。リハビリだよリハビリ。

こっからしっかりアティと接して愛情を感じさせてって欲しいもんだ。

しかし。

ここに呼ばれたという事は。昼間の例の件について説明してもらえるって事だな。

アティを助けた以外の話は私も知らないから、是非《ぜひ》詳《くわ》しく聞きたいところだ。

彼から言葉を発するのを待っていたが、上着を脱いだりカフスを外したりして、一向に喋り出す気配がない。

仕方ないので自分の方から切り出した。

「今日、アンドレウ邸で何があったのですか？　確か、婚約の為の顔合わせでしたよね？　アティの髪やあの頬はどうしたんです？」

勿論《もちろん》、何も知らないテイで話を始める。

あの場に侯爵はいたけれど、まぁ私だとは気づかなかっただろうし。私の男装は誰にも見破れないからな！　何故かッ‼

一応、問い詰める感じではなく柔《やわ》らかく聞いたつもりだったが、少しキツめな声になってしまったかもしれない。

まぁ、焦《じ》れたから、とでも思ってくれればいい。

私の声に、侯爵は私をチラリと一瞥。

ベストのポケットに一度手を突っ込み——そのまま何も掴まずに手を抜いた。

そして、クルリと私へと身体を向け直すと、真っ直ぐに私を見つめて口を開く。

「セルギオス、という名に聞き覚えは？」

侯爵から、いの一番にその名が出るとは全く予想していなかった為、私は思わず身体を硬《かた》くしてしまった。

セルギオス。

私の兄の名前。

失った私の半身。

知らないワケがない。

私は、男装している時にどうしても名前を言わなければならない時は、いつもセルギオスの名前を使っていた。

剣術大会にコッソリ出たりとかした時にね。

「……勿論。兄の名前ですから」

下手な嘘はつかなかった。

こんなの、調べればすぐにバレる。むしろ、侯爵は既に知っている筈だ。

何故先にそれを私に聞いた？

もしや、バレてたのか？

いや、そんな筈はない。私の男装は完璧——と、いうか。普通《ふつう》考えないだろう。家にいるはずの妻が別の家に男装して現れるなどと。

「セルギオスが……どうしたのです？」

そう尋ねながら、私の脳みそはフル回転。

ここは、正直に言った方が得策か否《いな》か。

侯爵の次の言葉が出るまで、ひたすらその事を考えた。

アティが心配でコッソリついて行った。

万が一バレるといけないので男装して行った。

アティの様子をコッソリ覗いていたら危なかったので助けた。

貴方の立場を思って咄嗟に正体を隠した。

うん。全部真実なので不都合はない。

ただ『アティがここで火傷をする事を知っていた』という事を、言わないだけ。

これは言っても信じてもらえないし、不要だから。

しかし——。

侯爵にこれがバレた場合、今回のように自由に動き回る事は可能なのか？

そもそも。

あの家庭教師サミュエルや子守頭マギーと、この侯爵が繋がっていないという確証がない。

もし。

もし、今回のこの事件が、サミュエルやマギーの画策ではなく、侯爵の発案だとしたら？

可能性はゼロじゃない。

侯爵は、今日までアティを放っておいたのだ。

愛があるとは言っていたが、その愛の形が、私と同じであるとは限らない。

本人の為だからと言いつつ、殴《なぐ》りつける人間はごまんといる。

アティの為に、アティの婚約を盤石にして、確実に公爵夫人にしよう。たとえ、アティ自身が傷つき歪んでしまったとしても——。

この男が、そう考えない確証が何処にある？

言えない。

言うとしても、まだタイミングじゃない。

正体をバラすなら、コイツがアティを決して傷つけないのだと、確証が得られてからだ。

そう結論づけたとほぼ同時に、侯爵が口を開いた。ゆっくりと、こちらへと近づいてくる。

「今日の昼間は何処に？」

……さっきの私からの質問は無視かい。

少しイラッとしたが、おくびにも出さずに小首を傾《かし》げた。

「今日はアティがいませんでしたから、一人じゃないと出来ない事を。妹たちに、手紙を書いておりました」

嘘だけど。昼間はアティを助けたりしてました。ハイ。

「その手紙は何処に？」

「私の部屋に。まだ書き終わっていないので」

実はこれは本当。

普段アティと一緒にいるのであまり時間がないが、隙間《すきま》時間を見つけては少しずつ妹たちへの手紙を書き溜《た》めていっている。

やっぱり、探《さぐ》りを入れられてる。

でも確証はない筈だ。——後で部屋に戻ったら、今ある男装セットは処分しないとな。服の焦げ跡とか見つかったら面倒くさい。

私は何も分からない素振りで侯爵を見上げた。

「セルギオスという名前と、私の行動に何かあるのですか？」

先程から侯爵は私から目を離さない。

真っ直ぐに見つめてきている。

嘘を、見抜《みぬ》こうとでもしてるのか。

いつの間にか、侯爵は私の目の前に立っていた。手の届く、どころか。息のかかる距離だ。

彼の瞳が、アティと同じ菫色《ヴァイオレット》だと、分かる距離。

それでも私は、彼の目を真っ直ぐに見返した。

「何が、あったのです？」

問い詰めてみろ。

言い逃れてやる。

沈黙《ちんもく》。

お互《たが》いに、目を見つめあったまま動かない。

先に視線を逸らしたのは侯爵だった。

よし、勝った。

「少し、ゴタゴタがあっただけだ。それでアティが少し怪我をした。大事ない。アティとエリックの婚約は問題なく進む。今日はもう休め」

それだけを短く告げると、彼は私に背を向けて着替《きが》え始めてしまった。

話はこれで終わり、という事か。

色々ムカつく事はあったけれど、私はそのまま侯爵の背中に頭を下げ、部屋を後にした。

アティの寝室に戻る最中。

イライラが止まらなかった。

私は事情を知ってるからいいけれど。
侯爵からの説明は、あってないようなものだった。
何も事情を知らない人間だったとしたら、何も分からないままじゃないか。
なんでアイツは、何も説明しないんだ。
心配させたくないから、とテイの良い説明は出来るだろうが。
そんなの蚊帳《かや》の外に置きたいだけじゃねェか。
男は——少なくとも、私の傍にいる男たちはいつもそうだ。
肝心《かんじん》な事は何も言わない。
これで守ってるつもりなのか。
本人の意思は無視して。
それとも意見されるのが邪魔だとか？
馬鹿が。
私たちは、物言わぬ人形じゃねぇぞ。
私はふと立ち止まる。
そして、
ゴンッ‼
思いっきり壁を殴りつけた。
その音を聞いて、近くの部屋から家人が出てきた。
「奥様⁉　どうなさったのですか？　今の音は……」

「ごめんなさい。ちょっとよろけて壁にぶつかってしまっただけです。怪我はないから大丈夫ですよ」

私は笑顔で——有無を言わせぬ圧力をかける。家人は何かを言いたげだったが、大人しく部屋へと引っ込んでいった。

私は、痛みに痺《しび》れて血が滲《にじ》む手を服に隠し、何事もなかった顔をしてアティの部屋へと戻って行った。

＊＊＊

アティは寝ていなかった。

ほっくほくした顔でベッドに横になり、布団を掴んだままゴロゴロごろごろ転がってミノムシ状態になっていた。

昼間の出来事の事もあるし、父親が初めて「おやすみのキス」をしてくれたのだ。

彼女にとって今日は、良い意味で忘れられない一日になっただろうね。

さっきまでのイライラを解消するかのように、私もベッドに飛び込んでアティを布団ごと抱き締め、思いっきり一緒にゴロゴロした。

ついでに頭皮の匂《にお》いを嗅《か》ぐのも忘れずにっ！

アティのキャッキャとはしゃぐ声が可愛いよっ‼

女二人のパーティナイッはこれからだよっ‼

暫くやって落ち着いた時に、アティが布団から顔をぽふっと出し、その真っ赤なホッペタのまま興奮気味に喋り出した。

「おかあさま、あのね、おとうさまがね！　おやすみって！」

「うん、そうだね。嬉しいね。良かったね」

「おとうさま、おひげなかったの」

「そうだね。なかったね。アティは、おひげがあるのが好き？　おひげがないのが好き？」

「うーん……」

お、メッチャ考えてるね。考えてるね。いいよ。どんどん考えよう。

「わかんない」

「そっか。そうだね。初めて見たもんね」

「おかあさまは？」

「え？」

「おひげすき？」

……考えた事もなかった。

うーん、これは確かに「分からない」案件だねぇ。

アティに聞いといて自分は考えた事なかった、はナシだよなぁ。

「そうだなぁ。私は……ない方が好きかなぁ」

身内はヒゲのない人間の方が多かったし、正直、ヒゲって如何にも『男性のもの』って感じがして苦手なんだよねぇ。

「じゃあ、おとうさま、すき？」

侯爵を好きか？

ハッキリ真実を、ここで述べていいの？

答えはＮＯ。

でも、嫌いかと言われると、それもＮＯ。

答えは『考えた事もなかった』デス☆

そもそも政略結婚ですから。個人的感情を挟み込む余地がなかったし。

結婚直後からは、アティの事しか見てません。ええ、全然見てません。

侯爵はあくまで『アティの父』であり、立場上『私の夫』であるだけって感じ？

会社の同僚《どうりょう》って感覚かなぁ。

いや、それよりも少し遠いかな。違う部署の人間で、一つのプロジェクトをたまたま一緒にやるようになっただけの相手、って感じ。

でも、それを素直にアティに説明してもなぁ。

言わなきゃ伝わらないけど、言ってもまだ難しいだろうしなぁ。

どうしよう。

でも、ここで『嫌い』は違うよなぁ。

うーん。

アティに不要な嘘はつきたくないけど――。

アティの情操教育上必要なら、嘘の一つや二つ。軽いか。そうだな。

「好きだよ」

私がそう返答すると、アティはふにゃ～という蕩《とろ》けたような笑顔になった。

え。なんで。アティを好きって言ったんじゃないのに？

もしかして、自分の事のように嬉しいの？

もうこの子はッ……‼

「アティも物凄く大好きだよー‼」

私は、またアティの身体を布団ごと抱き締めて、ベッド中をゴロゴロと転げまわった。

その日は、アティの寝室から夜中遅《おそ》くまで奇声《きせい》が聞こえ続けただろうな。

＊＊＊

朝方、ふと目が覚めた時。

アティの様子がおかしい事にすぐ気が付いた。

呼吸音が変。顔が真っ赤だ。

私はすぐに飛び起きて、寝間着《ねまき》のまま家人の元へと走った。

侯爵家お抱えの医師の診察《しんさつ》の結果は風邪《かぜ》。

昨日アンドレウ邸で色々あったし、ここ最近環境《かんきょう》も色々変わったので、疲れが出たのだろうという話だった。

そうか。

もしかして、昨日寝しなに変なテンションだったのは、コレだったのかもしれない。

変に騒がず、落ち着かせてあげればよかったのかな。

失敗した……。

診察が終わったアティは、ベッドで顔を真っ赤にしてハフハフ言いながら寝込んでいた。若干涙も浮かんでいる。本当に苦しそう。

こんな時に何も出来ないなんて。本当に不甲斐《ふがい》ない……代わってあげられたらいいのに。

ごめんねアティ。気づけなくて。

私、母親失格じゃん。

そう思い、眠《ねむ》るアティの傍へと寄ろうとした時——

「風邪が伝染《うつ》るといけませんので、奥様はここにいらっしゃらない方がよろしいかと」

アティのベッドと私の間に滑り込んできたのは、子守頭のマギーだった。

彼女——マギーは、複数いる子守を統括《とうかつ》する女性。私が最初にアティに挨拶した時にもいた。子守の統括をしている割には……歳《とし》は結構若い気がする。私より下なんじゃないかな？

最近、私がしゃしゃり出る事が多くて後ろに控えがちだったけれど、今回はここぞとばかりに前へと出てきた。

「大丈夫です。アティが目覚めた時に、傍についていて差し上げたいのです」

私は彼女をかわして再度アティに近寄ろうとする。

しかし回り込まれてしまった！

動き速っ。なんだその体捌《さば》き！　さてはお前タダモノじゃないな⁉

ギリリと歯ぎしりし、一歩下がる。分厚いな、この壁。難攻不落《なんこうふらく》かよ。

「奥様がいらっしゃると、アティ様は嬉しくて興奮してしまいます。今必要なのは安静なのではないでしょうか？」

「ぐっ……」

痛いところを突かれた。

そういえば。

私が来た事によって、子守頭であるマギーの立ち位置を若干危《あや》うくしてるんだよね。

確かに、着替えとかお風呂《ふろ》とかはやっていないけれど、一緒に寝て遊んで食事するようになったので、彼女の仕事が半分ぐらいに減った筈である。

敵視されるのは、当然か。

彼女は、アティを孤独《こどく》にして共依存に追い込む危険性がある。

恐らく、昨日もしアティが火傷をしていたら、マギーのみが献身《けんしん》的にお世話をして、依存の第一歩を踏《ふ》ませただろう。

油断ならねぇ、この女。

しかし。

本当に現時点から、共依存を狙《ねら》ってるのだろうか？

乙女ゲーム云々《うんぬん》を差し引いて考えたとしたって、つつがなく婚約が決まって実際にエリックと結婚する事になるまで、まだ十年以上ある。そんな前からの長期計画だとしたら、途轍《とてつ》もなく気の長い話だ。

だからもしかしたら——。

「分かりました。私は下がらせていただきます」

私はペコリと頭を下げた。続けて、

「貴女《あなた》が大切にお世話なさっていたアティに、風邪をひかせてしまって本当に申し訳ありません。私では至らぬ箇所《かしょ》が多大にあったかと思います。もし、呼ばれましたらばすぐに参りますので、遠慮なくお声がけください」

至極《しごく》丁寧に、マギーに謝罪を行い、その場を後にした。

＊＊＊

子守頭のマギーは、アティが生まれた時からお世話をしている。

つまり、彼女には『自分が一番アティを知っている』という自負と矜持《プライド》があるのだ。

そりゃそうだ。

うつ伏《ぶ》せで寝かせただけで死ぬ生き物を、まだ意思疎通《そつう》出来ない頃から面倒を見て、定期的な授乳で昼夜なく付き添《そ》い、ギャン泣きしたり痙攣起こしたり、気を抜いたら転んで怪我したり、風呂で溺《おぼ》れたりする時期、そして魔《ま》のイヤイヤ二歳児《さいじ》期を過ぎて、やっと意思疎通が出来るようになったと思ったら——ポッと出の女が横から出てきて、母親ヅラしてアレコレしたら、そりゃ当然面白くないだろう。

例えばコレが、私の妹たちに置き換《か》えたら分かる。妹たちに、突然世話係がついて知った顔して私を押しのけたらイラっとする。ソイツのオシメ替《か》えてたの私やぞとマウント取りに行くわ。

ゲーム中を思い出す。

悪役令嬢アティを依存から共依存へとステップアップさせた女。

アティは唯一《ゆいいつ》愛情を与えてくれる精神的な拠《よ》り所として依存し、マギーはアティに必要とされる事で承認欲求を満たし依存していた。

ただし。

この関係は無理矢理そう捻《ね》じ曲げられたものだとも思えない。

アティの立場、マギーの立場を考えると、少し自然に感じる。

アティには、私が来るまではマギーしか愛情を感じられる相手がいなかった。

マギーには、この仕事しか自分の価値を見出《みいだ》す方法がないのだ。

だから、マギーは最初から悪意をもって、アティに取り入ろうとしているワケではないのではないか？

むしろ今は、本当にアティを大切に思っていて、真摯にアティに向き合っているのではないのだろうか？

う――――――ん。

アティの方は、色んな人から愛情を貰《もら》えるのはいい事。

一人からしか貰えない状態は健全じゃない。

だから私も、アティの一挙手一投足に口出しする気はない。こういうのは適材適所、で様々な人間から愛情や手間をかけてもらった方がいい。

私とマギー、あとは微力《びりょく》ながら侯爵。今はコレだけ。

家人たちとの距離もあるので、そこも少しずつ詰めていって、色んな人から愛されるようにしていけばいい。

その働きかけは私からでも出来る。

問題はマギー自身だ。

マギーには、子守という立場しかない。

いわば、自分＝子守。だから子守の立場が危うくなる＝自分の価値がなくなる＝自身が否定されている、と感じているのではなかろうか？

しかし。

これは難しい。

この世界では、女の生きる道は酷く少なく、しかもどれもこれも茨《いばら》の道だ。

マギーに『子守以外の道もあるんだからアティの依存心に価値を見出すな』なんて、そんな無知で無責任な事は言えない。

出来れば。

彼女と協力してアティを育てていきたい。

私も足りないところが沢山あるし、出来ない事も沢山ある。

何か、何かないか。

方法は。

……。

ヨシ。

私は強く決意して、アティの部屋へと戻って行った。

＊＊＊

アティの部屋のドアを叩くと、中から少し抑えた声が返ってきた。

「はい」

「セレーネです」

控えめな声で名を告げると。

「ご遠慮ください」

そっけない言葉が被せ気味に返された。にべもねェ。

コンコンコン。

言っとくけど、私はしつけぇぞ。

ドアをノックしたが返事はない。

コンコンコン。

返事するまで叩くからな。

コンコンコン。

手が痛くなってきたら道具使うから延々《えんえん》叩けるぞ。

コンコンコン。

ちょっと楽しくなってきた。
コンコンコン。
リズム刻もうかな。
コンコンコン。
歌っちゃおうかな。
コンコンコン。
そういえば、歌うと妹たちが飛んできて口を塞ぐんだよね。
コンコンコン。
なんでかな。
コンコンコン。
女神《めがみ》の歌声なのかな。
コンコンコン。
みんな聞き惚《ほ》れて仕事の手が止まっちゃうからとか。
コンコンコン。
罪作りだな、私の歌って。
コンコンコ——
「いい加減にしてください」
扉がそっと開き、中から子守頭のマギーがイライラした顔をのぞかせてきた。
「貴女と、少しお話しさせていただきたいのですが」

私は小声でそうお願いしたが、

「話す事など何もありません」

バタン。

とりつく島もねェ。

閉じてしまったドアを再度ノックし、

「貴女が話してくれるまで続けますよ」

そう、扉越しに忠告した。

暫く待ったが返事がない為、またノック開始。

コンコンコン。

ガチャ。

今度はすぐに扉が開いた。

「アティ様が寝てるんですよ。うるさくして悪化したらどうするんですか。奥様はアティ様が可愛くないのですか?」

物凄くイライラして、若干額に青筋を立てた状態のマギーがまた顔を出す。

「貴女とお話しさせていただければすぐにやめます。これは、アティの為のお話です」

私も間髪容《かんはつい》れずにそう詰め寄った。

マギーはチラリとアティを振り返ると、

「少しお待ちください。他の子守を呼びますから」

そう言って、彼女は扉を開けたまま一度部屋へと戻って行った。

よし。勝った。

他の子守と交代したマギーは、先を歩く私の後ろを、少し距離を空けて（物凄く嫌そうに）ついて来るのだった。

＊＊＊

「まず先に謝《あやま》らせてください。出しゃばってしまい、申し訳ありませんでした」

裏庭まで辿り着き、周りに誰もいない事を確認してから、私はクルリと振り返ってすぐさま頭を下げた。

相手の反応は見えない。

しばしの沈黙。

私は、向こうからアクションを起こしてもらうまで、頭を上げるつもりはなかった。

「……頭をお上げください。屋敷の奥方が使用人に簡単に頭を下げるべきではありません」

頭の上から、控えめだけれどそんな厳しい声が降ってくる。

ゆっくりと頭を上げて正面のマギーの顔を見ると、少しの驚きと呆《あき》れが垣間見《かいまみ》えた。

そりゃ驚くか。普通、雇《やと》い主である侯爵の妻が頭を下げる事なんてないもんね。

ウチの実家では、たとえ雇い主だろうとダメな事をしたら家人に謝る事は当たり前で普通だったけど、それが普通ではなかったのだと知ったのは、最初の結婚先での事だった。

私個人としては、たとえ私の方が身分が高いとしても、人間としてのデキは身分とは関係がなく、悪い事をしたと思ったら素直に謝るべきだと、そう思うんだけど。

なので。

その事を相手に伝える。

「今は、立場はナシでお話ししましょう。侯爵夫人と子守ではなく、アティを育てる二人の人間として」

そう言うと、マギーは目を見開いて信じられないモノを見るかのような顔をした。訝《いぶか》しんでる訝しんでる。

「……それは無理です。奥様はまだその役目を引き継いだばかりだと言っても、私の直接の雇い主は奥様です」

そうくるか。まぁ、確かにそういう仕組みだからなぁ。

本来、男性使用人は侯爵の管轄《かんかつ》、女性使用人はその妻の管轄。つまり、子守頭であるマギーの人事権は私が握っているという事だ。

それは揺るがない事実であり、確かにフェアではない。

しかし、それでは話が出来ない。

「この場では、その立場はお忘れください。今貴女が私に何を言おうと、貴女の立場を脅《おびや》かす事はありません」

そう言ってから、私の口から思わず自嘲《じちょう》気味な笑いが漏《も》れてしまった。

「仕組み上その権利が私にあれど、今の私の信用度ではその権利は行使出来ない。行使しようとしたとしても、貴女の方がこの屋敷での信頼度《しんらいど》は高いのです。私の意見など、誰も耳を貸さない」

うう、悔しいけどコレも事実。まだ結婚してそれほど経《た》ってない現在では、私がヒステリーを起こしてマギーをクビにしろと喚《わめ》いたところで、実際にはそれは無理だ。「疲れてらっしゃる」と部屋に軟禁《なんきん》されてスルーされる。

マギーは視線を外して少し考えていたが、何かに思い至ったようで、また私を見た。

そして、改めて口を開いた。

「貴女、気に入らないんですよ」

おお。

開口一番ソレかい。

いやあ、待ってた待ってた、忌憚《きたん》ない意見。

「ですよね」

「その、人前では丁寧な対応も嫌いですね。本当はガサツなクセに、場所を弁《わきま》えて猫《ねこ》被る姿とか、ホント吐き気がします。最悪です」

「よく言われます」

「それに何様ですか。嫁《とつ》いできてすぐ母親ヅラとか。神経疑いますね。頭大丈夫ですか？」

「確かに」

「旦那様に気に入られてるからって調子に乗ってるんじゃないですか？　反吐《へど》が出ます」

……侯爵に気に入られてはいないしむしろ逆で、関わりたくないから放置されてるだけなんだけど、まぁいい。

「調子乗ってました。すみません」

浮かれてた。確かに。天使アティの母親になれるのだと、舞《ま》い上がってました。スミマセン。

「サミュエルまで抱きこんで。とんだ女狐《めぎつね》ですね。人以下です。いえ、人未満」

……抱きこんでないけど、壁ドンはしたからな。それでサミュエルがビビって引いてるのは感じてる。

「アティ様は本来は大人しい子なんですよ？　それを無理矢理ひきずり回して。無神経すぎます。貴女は害悪でしかありませんね」

それはどうだろう。昨日感じたけど、アティはそんなに引っ込み思案ではない気もする。まだ内《うち》弁慶《べんけい》なだけで。でも言わない。マギーがそう感じてるなら、その方が正しいかもしれない。

「全く……身勝手すぎますね。食事を一緒にしたり、一緒に寝たり。最低です。躾《しつけ》には順番があるんですよ？　それを無視して……愚《おろ》かを通り過ぎて粗悪《そあく》ですね、その脳みそ。ゴミとして処分すべきです」

確かに、教育にはその家の方針があるもんね。無視したのは事実ですわ。

「申し訳ありません」

「私の方がアティ様の事は分かってるんです！　出しゃばらないでいただけます⁉」

お。やっと出た本音。

「その通り」

「だから貴女は黙っててください！　どうせ自分の子供が出来たらそっちのが可愛くなってアティ様を放置するんですから！　アティ様に無駄《むだ》な期待を持たせて裏切らないで‼」

……やっぱり。

子守頭マギーは、まだ、悪い人間じゃない。

本当にアティの事を想《おも》ってる。

歪んだのは、のちのちだったんだ。

乙女ゲームの時は、アティが火傷してそれを献身的に介護《かいご》し、アティが依存し始めた事によって、徐々《じょじょ》に歪んでいったのだろう。

それに、彼女が心配している事はあり得る話だ。

この家が私に期待する事は一つ。

男児を産む事。

それによって、アティが傷つくのを本当に心配してるんだ。

でも立場上口出し出来ない。

彼女は、今日まで胎《はら》の中を煮えたぎらせていたのだろう。

でも、それをおくびにも出さなかった。凄い。

彼女は、取り敢えず言いたい事を全部吐き出したのか、肩で息をしている。

少し落ち着いたのを確認し、私は口を開いた。

「子供が出来る事は恐らくありません。子供が出来るような事を、していませんから」

事実を告げると、マギーは目を剥《む》いて驚いた。

そりゃそうか。普通、他人に夫婦《ふうふ》生活の話なんてしない。特に、うまくいってない場合などは。でも、マギーは知ってる筈だ。私がアティと一緒に寝てるのを知ってるんだから。

「私はそれほど待たずに家を出されます。子供を産まないのであれば私は用済みです」

「それなら余計に――」

「私がやりたいのは、アティを私に懐かせる事ではありません。アティに、立派な自立した一人の人間になって欲しいだけ」

私は、真っすぐに彼女の目を見て、ハッキリと告げた。

「一緒に食事をするのは、食事の楽しさを覚えて欲しいから。ただ目の前に出されたものを口に運ぶ作業ではなく、自分の好みを把握《はあく》しつつ、人と同じ事をしながら会話する術《すべ》を身に付けて欲しいから」

初めてアティの食事風景を見た時の事は今でも覚えている。何の感情も湧《わ》かない顔で、ただ食べ物を口に運んで咀嚼《そしやく》する姿。あれが健全である筈がない。

「一緒に寝るのは、寝るという無防備な時に安心させてあげたいから。夜中ふと目覚めた時に孤独と恐怖《きようふ》を感じて欲しくないから」

そして、一人ではないんだって事を、アティに知って欲しいから。

「一緒に遊ぶのは、色んな事に興味を持って欲しいから。その中から、自分の得意不得意好き嫌いを見つけて欲しいから」

恐れず何にでもチャレンジ出来るようになるには、何があってもまずフォローしてくれる大人が傍にいるんだという安心感を持ってないと。失敗しても怒《おこ》られない、誰かが温かく迎え入れてくれる、その信頼感があってこそ、子供は色々な事に初めての挑戦《ちようせん》が出来るようになる。

「それを誰もやっていなかったから私がしただけ。私は、その役目は私じゃなくても構わない。むしろ、今までの事を分かっている人間の方が上手く出来ると思ってる」

真意を伝えると、マギーは少しオロオロと目を泳がせたが、キッと強く睨《にら》み返してきた。

「そんなの私たちがやってます」

「やってなかったでしょうがッ‼」

言い返してきたマギーの言葉をすぐに私は否定する。

「アンタたちが今までしてきたのは、アティを『見目麗《うるわ》しい人形』にする事じゃないか！　アティの意思など関係なく、外から見て完璧な作法を身に付け、余計な口を挟まず、問題を起こさないようにする、周りの人間にとって都合が良くなるようにな！」

ソファに座り、何の感情も湧かない顔でただそこに『在る』だけだったアティ。まだ、たった三歳《さい》なのに。

「アティは侯爵令嬢である前に！　ただの！　一人の‼　アティなのに‼」

その言葉に、マギーがうっと言葉を詰まらせた。

——自覚、あったのか。

頭に血が上るのを抑える。アカン。ここで私が激高したらダメだ。もう少ししちゃったけど。でもまだだ。まだ大切な事を言えていない。

少し深呼吸して、息を整えた。

「勿論、侯爵令嬢として身に付けなければならない事はある。それは私では教える事は出来ない。だって……私はガサツだから」

そう言うと、マギーがフッと軽くふき出す。オイ。つっこめや。

「それだけじゃない。私は長く、アティの傍にはいられない。でもせめて、アティにはアティ自身に『自分にはちゃんと意思があるのだ』と自覚して欲しいの」

そう、まずはそこから。恐らくアティはまだ『自分』がない。私の妹たちが同じ年頃《としごろ》だった時とは大違い。妹たちの自己主張はクッソほど強かった。世界の中心が自分だと言わんばかり。まぁ、そこが可愛かったけど。

「今のアティはまだまだ周りに流される状態のまま。それを、一人の人間として自立出来るように、その第一歩を踏ませてあげたい。あまり時間がないの。だから、マギーにも協力して欲しい。いえ、むしろ、マギーに率先《そっせん》して、そう動いて欲しい」

真摯に、真っすぐに。私はマギーに訴《うった》えかけた。

「マギーからでは進言しにくい事は私からするから。して欲しい事があったら言って。アティの為なら、私はどんな事でもする」

一度そこで言葉を切り、改めてマギーの目を真っ直ぐに見た。

「――貴女と同じように」

そう締めると、彼女は視線を地面に落として考え込んでしまった。

俯《うつむ》いたので表情は窺い知れない。

沈黙の時間。

……どうか、伝わって。

「分かりました」

子守頭のマギーが、本来の姿勢を取り戻して私を真っすぐに見返してきた。

「その代わり――」

チラっと、マギーは横を見る。釣《つ》られてそちらを見てみたが、何もなかった。

「貴女には敬意を払いませんよ」

口元が、ニヤリと笑った。

いいじゃん。どんと来いや。

「勿論。その必要はありません」

アティにとって良い事が全てだ。敬意が邪魔ならいらない。

ふと、屋敷側で人影《ひとかげ》が動いたような気がした。

その瞬間、マギーは私に深々と頭を下げる。

「先程の件は承《うけたまわ》りました。そろそろアティ様が目覚める頃かと思いますので、これで失礼致《いた》します」

ああ、人前ではそうだね。そうじゃないと、彼女の立場も悪くなるし。

私もそうするし。

ゆっくり頭を上げたマギーは、しずしずと歩いて私の横を通り過ぎた。

その時、

「その態度、嫌いじゃない」

そう、彼女が囁いた。

驚いて振り返るが、彼女はさっさと屋敷の中へと戻って行った。

彼女の言葉に、思わず顔がニヤけてしまう。

やった。

もしかして、女友達GETの予感？

私は、物事が上手く回りだした気がして、ウキウキした歩調で屋敷へと戻って行った。

＊＊＊

一心不乱に剣を振る。

寝込んだアティを心配する気持ちを一旦忘れる為に。

誰もいない裏庭で、運動不足解消も兼《か》ねて身のこなしの鍛錬《たんれん》。

今アティはマギーに看病されている。

私は先程、マギーの許可を取って少しだけアティの元を見舞《みま》った。丁度その時に、アティが目を覚ましたんだけど……。

普段の大人しいアティからは、考えられない程泣いて騒いで取り乱していた。

一瞬でも炎に包まれた恐怖、怪我しない程度とはいえ私にタックルされたり、軽い火傷したり髪の毛を切ったり――その事を脳が処理しているのだろう。熱に浮かされて混乱して泣き喚き、私の声は聞こえないようだった。

私はベッドに座り、アティを膝に抱いた。彼女が疲れてまた寝入るまで、ずっと身体を揺らして背中をポンポンと叩き続けた。

途中、暴れたアティの拳が、私の顔やら何処やらにヒットしたけど。いい角度で入ったね。いい拳だったよ。将来有望だ。

いやぁ、しかし懐かしかった。

妹の中には、小さい頃に癇癪《かんしゃく》持ちだった子がいてさ。もう泣いたら手がつけられなくて大変だったね。

一度その暴走モードに突入《とつにゅう》すると、落ち着かせるなんて無理だったなぁ。顔をグッチャグチャに真っ赤にして、その場でバタバタ暴れる暴れる。怪我したり、力が入りすぎてヒキツケとか起こしたりしないようにだけ気をつけて、落ち着くまでずっと粘《ねば》ったね。

あの子に比べたら、アティのなんてまだまだ可愛い部類だったよ。

妹は……キックが強烈《きょうれつ》だったな……運悪く鳩尾《みぞおち》にブチ込まれた時には、流石に蹲ったよ。

それにしても。

今思い出しても、ハラワタが煮え繰り返る。

あんな可愛いアティに、ランタンをぶつけて火傷させようとした人間がいたのだ。

許すまじ。八つ裂《ざ》きにしてやるわ。

しかし、それが誰なのか分からない。

侯爵とマギーは違うように感じるけど、根拠《こんきょ》がない。自分の印象で判断すると痛い目を見る。

それに、口ではなんとでも言える。

世の中には、誠実な顔をしながら人を殺す人間だっている。笑顔の裏で、何を考えてるかなんか分からない。

今のところ、家庭教師サミュエルが濃厚《のうこう》か？

でも、そんな事を企んでる人間が、事件を起こす前に私に正体を明かすだろうか？

大概《たいがい》は自分が疑われないように、下手な事はしない筈。あんなあからさまに私に喧嘩売ったりしないよな。

……私が、何も出来ないと踏んでて？　いや、それにしたって下手すぎるだろ。

つーか、アイツはそもそも何したかったんだ？

ホントに、あんな言葉で私を追い出そうとしたんかな？　罵倒されたら実家に泣いて帰るとでも思ったんか？

……笑止。

あいつのまわり、どんだけか弱い女しかいなかったんだか。いや、ショックを受けたフリして、実は呆れて離れていったのかもしれんな。

どのみち友達《ともだち》は少なそうだなぁ。

しまった。他人の事言える程、私も友達多くない！

「兎《と》に角、サミュエルの動向には注視だな。下手な動きを見せたら――」

「見せたらなんだというんだ？　凶暴女《きようぼう》」

不意に後ろから声をかけられ、思わず隠し持っていたナイフを声のした方に投げつけた。

カッ！

投げたナイフが木に刺さった音がすると同時に、その横に立っていたであろう男が尻餅をついた。

「危ないだろ全身凶器《きようき》女！」

そこにいたのは、家庭教師サミュエルだった。今日はアティは勉強出来ないから休みの筈なのに、なんで屋敷に？　しかもなんで裏庭に？

「貴方が急に後ろから声をかけてくるからです。武器を持った私には、背後から近づかない事をお勧《すす》めします」

私は、汗《あせ》を拭《ぬぐ》いつつ剣を鞘《さや》へと収める。

そしてサミュエルの方へと近づき、木に刺さった投げナイフを抜いた。

「何処の世の中に、そんな危険な屋敷の奥方がいるんだよ」

物凄く不満そうな声で立ち上がったサミュエルは、近寄ってきた私からササッと距離を取る。

何だよ。人を危険物みたいな目で見やがって。

「自分の身は自分で守れるようにするのが普通ではないでしょうか？」

「……いちいち可愛げがない女だ」

私の言葉に、チッと舌打ちをするサミュエル。

「可愛げが必要なら可愛げを提供したくなるよう行動を改めていただけますか？　ヒトを突然罵倒するような人間に、可愛げを発揮する必要はありません。貴方の機嫌《きげん》を取りたいとも思いません」

即行《そっこう》で言い返した。

ってか、なんで私がお前の機嫌を取らなアカンねん。可愛げなんて好きな人にしか振り撒きたないわ。そもそも世の中は、なんでどうでも良い人間にまで愛嬌《あいきょう》を振り撒けと女に教育すんだよ。

愛嬌を振り撒かれたいなら、男どもも振り撒けや。

そうしたくないなら、女にも強要すんなクソが。

言い返されると思わなかったのか、ブッスリとした顔で私を凝視《ぎょうし》するサミュエル。

「……お前に相談しようと思ってた俺が馬鹿だったな」

そうボソリと呟いてその場を去ろうとする。

「相談とは？」

彼の言葉が気になって、つい呼び止めてしまった。

あ、と思ったが遅い。

ヤツがニヤリとして振り返った。

なんかムカつく。

「……お前、アティ様がアンドレウ邸で怪我をしたのは知っているか？」

サミュエルは、少し周りを気にしながら、少し声のトーンを落として喋り始める。

「はい。存じ上げております。……詳しくは知りませんが」

ホントは知ってるけどね。アティ助けたの、私。

「アティ様が、何者かに火傷させられそうになったんだ。間一髪だったから、火傷は軽く髪が焦げただけで済んだが」

真剣《しんけん》な声音《こわね》だった。

コレを私に告げるという事は、コイツが犯人ではないのか？

それとも、私を抱き込んで動きやすくする為か？

「犯人は分かってない。それに――」

そこまで告げて、サミュエルは少し口籠《くちご》もる。口に手を当て少し何かを思案し、改めて口を開いた。

「その場で、アティ様を助けた正体不明な男もいた。セルギオス、と名乗った」

そうか。あの場にコイツもいたのか。

家の人間に目撃《もくげき》されたのは痛かったなぁ。

下手したらバレてしまうかもしれない。

バレたら面倒くさいなぁ。

セルギオスの名を口にしてから、サミュエルは私の様子を窺っているようだった。

あ、もしかして、コイツ、気づいた？

「セルギオスは、お前の死んだ兄の名前だな？」

「ええ。そうです」

やっぱり、コイツもそこは調べたか。

「俺は、ソイツが犯人じゃないかと思っている」

なんでやねん！　違うわ！　ソレ！　私‼

「何故です？」

「アティ様やエリック様を危険な目に遭《あ》わせて、それを助ける事によって、カラマンリス侯爵とアンドレウ公爵に恩を売ろうとしているんじゃないかと、俺は踏んでる」

……ああ、歪んだ見方をすると、確かにそう見る事も出来るなぁ。

よくある手でもあるもんなぁ。自作自演てヤツね。まぁ違うんだけどもさ。

ソレを真っ先に思いついたって事は――さてはお前が、ソレを実行するタイプって事だな？　油断出来ねェ……。

「……それを、何故私に？」

そう、それが分からない。

なんでその事を私にワザワザ伝えたんだ？

もしかして、セルギオスの正体が私だと気づいて、強請《ゆす》りに来たのか？

だとしたら、とんだ性悪男だな。

サミュエルは私から視線を外し、手で少し顔を覆《おお》う。何か、言いにくそうだ。

「犯人は、この屋敷にゆかりのある者ではないかと思う」

——遠回しに、私だって言いたいんだろう？

どうする？　コイツの記憶《きおく》がトぶまでボコるか？

いやいや、バレても別に私は構わない。動きにくくなるだけで。動きにくくなるのはちょっと面倒くさいけど、コイツをボコる方が更に面倒くさい。

でも、逆に私がヤツを脅して、黙らせた方が得策か？

私は後ろ手で、投げナイフを触った。

「——お前の兄の名を騙《かた》って、お前の立場も悪くしようとしている可能性もあるのではないか、と。でなきゃワザワザお前の兄の名を語る理由も思い浮かばない」

違った。私が疑われてるワケじゃなかった。

それに。

兄の名に深い理由を読み取ってる。

すみません、そこまで深く考えてませんでした。

「屋敷の者に注意を促《うなが》したいが、この家にゆかりのある者だとすると、情報が筒抜《つつぬ》けになってしまうから、誰にも言う事が出来ない。が、お前ならば、兄の名を汚《けが》すような事はしないと思ってな」

疑われるどころか、むしろ、なんか、唯一、信頼されてるみたい。

ホッとしてナイフから手を離した。

サミュエルをふと見ると――ん？　なんか、顔が赤い？

「だから、お前に――」

お前に？

「――あ、アティ様の警護を頼《たの》みたい。どうやらお前は、そこそこ出来るようだし」

わ。

お願い事された。

あの、ヒトを雌犬とか雌豚とか罵倒してた人間が。

わ。

なんか、ビックリ。

その驚きが顔に出ていたんだろう。

顔を歪ませてサミュエルは更に顔を赤くした。

「お、俺も好きでお前に頼んでいるんじゃない。今のところ、敵ではないと分かるのは、旦那様とお前しかいないからだ」

お。なんすか。これがいわゆるツンデレですか？

思わずニヤニヤしてしまうと、彼は怒った風な顔になり、プイッと背中を向けてしまった。

「兎に角、周りに注意しろ。いいな」

そう乱暴に吐き捨て、その場を去ろうとする。

その背中に、

「分かりました。ただし、条件があります」

そう投げかけた。

足をビクリと止めて、顔だけでゆっくり振り返るサミュエル。

「……どんなだ」

警戒《けいかい》した声で返事をする。

私はニッコリと微笑みかけ、

「『お前』はやめていただけます？　私には、セレーネという名前がありますので」

そう丁寧に言った。

お前に『お前』呼ばわりされたかねぇよ。

こっちにだって、親が付けてくれた名前があらぁ。

「……考えておく」

それだけを告げて、サミュエルはズカズカと屋敷の方へと戻って行った。

その背中を見送った後、私はまた思考に集中する為に、剣を抜いてその切っ先に集中した。

＊＊＊

今日は一日色々な事があって疲れた……。

夜、自分の寝室で、重力を実感してベッドにメリ込んでいた。

久々の部屋の静けさに耳が痛い。

一人寝は久々な気がする。

このところ毎日アティと一緒に寝ていたし。

この家に来た日以来か。

ベッドサイドで揺らめくガス灯を見つめながら、今日の事を考えていた。

アティには他の子守がつく事になった。勿論今日も一緒に傍にいるつもりだったが、マギーと話をした結果——。

たまには他の子守にもアティの寝顔を拝ませてあげたら、という事になり、スゴスゴと引き下がったのだ。

それを言われたら……ねぇ。確かに？　アティの寝顔を独占《どくせん》してたらさ？　悪いな、と思うよね。

だって世界の至宝だよ？　至宝ならみんなで共有すべきよね。

おっと。アティの可愛さは揺るぎない事実なのでいいとして。

他の事だよ。アティに怪我をさせようとした人間。

誰なのか予想も出来ない。

当初は、乙女ゲームでの話の流れ的に家庭教師サミュエルと子守頭マギーの仕業《しわざ》だと考えた。

でも、今日日中の二人の態度を見てると違うようにも感じる。

やっぱり、実は二人の起こした事ではなく、他の人間が起こした事に、二人が便乗しただけだったのかも？

だとしたら。

アティが怪我をして得をする人間が、他にいるという事だ。

一人は侯爵。アティとエリックの婚約を盤石にして、公爵家との繋がりを確実なものにしたかった、と。また、それがアティの為になる、そう考えてる可能性もゼロじゃない。

でも、待てよ？

ふと気が付いた。

もし、アティが怪我をしたとして。

もし死んでしまったら意味がなくないか？

人間、全身火傷してしまった場合、最悪死に至る。アティはまだ小さいから、表面積も小さい。一歩間違えたら全身火だるまだ。そんな微妙な匙加減《さじかげん》を『ランタンを上から落とす』で制御《せいぎょ》出来るか？出来ると思うか？

——もしかして、そもそもはアティを殺そうとしていて、たまたま死なずに済んだだけだったのか？

え。そうしたら更に大事じゃないか。

アティを殺そうとした人間がいる。

でも、だとしたら。

もしこの屋敷の人間だとしたら、わざわざアンドレウ邸で事件を起こす理由が分からない。この家の人間なら、アティがここにいる時の方がチャンスがあるのでは？

アンドレウ邸の人間か、第三者？

ああ、容疑者範囲《はんい》が広がっていくー。

私一人では調べるのは難しそうだ。

誰か、協力してくれる人間がいれば――。

その瞬間、ムカつく片眼鏡《モノクル》がふと浮かんだ。

消した。すぐ消した。あっという間に頭から消去した。

家庭教師サミュエル。

確かに今日、彼からアティを守る為の協力を依頼《いらい》された。

でも、だからといって本当に味方かどうか分からない。

いきなり罵詈雑言ぶつけてきた人間やぞ？　油断云々より、人としてどうなんだ。

――いや、この場合、私個人の好き嫌いは置いておくとして。

暫く利害が一致《いっち》するなら協力すべきなのか。

敵だとしたら……そうか。逆に傍にいた方がヤツの動きを把握しやすいか。

少し、近寄ってみてもいいかもしれない。

それで、もしヤツが危険分子だと判断したらその時は――。

ガチャ……。

かすかに、ドアが開いた音がした。かなりそっと開けられたようで、本当に微《かす》かな音だったけれど、部屋が静かだったせいで耳についた。

誰だ。

私は、丁度扉に背を向けてベッドに横になっていた。なのでそちらは見えないしまった。

アティと寝る時はいつも鍵をかけないから、その癖で鍵をかけ忘れた。
こんな夜更《よふ》けに、そっと部屋に入ってくるなんて……。
間者《スパイ》か、暗殺者か。
だって、私に用があるのならドアをノックする筈だ。
寝入った私を起こさずに近寄ろうとする以外に、ノックをしない理由がない。
私は、枕《まくら》の下に忍ばせていたナイフにそっと手を伸ばした。
侵入者は、足音を忍ばせてこちらへと歩いてくる。
コツ、コツ、とゆっくりとした足取り。
殺気は感じない。
コイツ、相当の手練《てだ》れか。
私は寝たフリをする。
心臓が早鐘《はやがね》だ。落ち着け、緊張を気取《けど》られてはならない。
気配が、ベッドのすぐ傍まで来た。
音が消える。
何をしてる。隙を狙っているのか。
サラリと――。
髪が揺れた。
今だ‼
私は髪を触る手を掴み、思いっきり引っ張る。

「うわっ！」

侵入者が声を上げた。

ヤツの身体が見えた瞬間、足を絡《から》ませてベッドに引きずり倒《たお》し、馬乗りになる。

そして相手の首めがけてナイフを突き出した。

――いけない！

咄嗟に自分の手を止める。

そして、自分が馬乗りになった相手の顔を改めて見直してみた。

「侯爵様……何をなさっているのですか」

私は、首にナイフを突きつけたまま、呆れた声を出す。

ベッドに転がって驚いた顔をしていたのは、他でもない。この家の主、カラマンリス侯爵だった。

「何をしている、は私の台詞《せりふ》だ」

私に負けない程の呆れ顔で私を下から見上げた侯爵は、首に突きつけられたナイフを手でどかす。

「そっと部屋に侵入されたら、暗殺者か何かだと思うではないですか」

「そんな殺伐《さつばつ》とした生活をしてたのか……？」

問われて考える。いや？　そんな事はないけれど。でも、寝る時でも警戒するのが武士道的なモンなのでは？　まぁ、武士じゃないけど。ホラ、こういうのは、身に付けておいて損はないスキルだし。

「まぁ、それはそれとして」

言い返せないので話題を変える。

侯爵の上から退こうとして身体を浮かせた。

「危うく怪我をさせるところでした。全く……こんな夜更けに一体何しに――」

「そんな事は、決まってるではないか」

侯爵に、腰を掴まれ動きを制された。

え。何。

そうこうしているウチに、侯爵の手が伸びてきて、片手は頬にあてがわれ、片手は襟元《えりもと》に。

私は思わず――

ピシャリ。

その手を叩き落とした。

「……何をする」

「あ、すみません。つい」

反射的に。

ついでに腰が自由になったのでヒラリとベッドから降りた。

なんだか微妙な顔をして、ベッドに寝そべり私を睨《ね》め上げる侯爵。

「驚いたので。どうしたのですか？　こんな日に限って」

アティが寝込んでるその日になんて、無神経なのかこの男。

しかし侯爵は、予想に反してブッスリしていた。

「……こんな日ぐらいしかないではないか」

ん？　どゆこと？

「お前がアティと寝ない日が、他には殆どないではないか」

あー……確かに。

え。

待てよ?

じゃあ、

「侯爵様は、私の身体が怖くないのですか?」

傷だらけで、引きつって歪《いびつ》なこの身体を見て、その気になれるって事?

それを言うと、侯爵は少し私から視線を外した。そして、少し言いにくそうに口元を触る。

「正直、少し驚いた。聞いていた以上の傷だったからな。しかし——最初に言ったが、私はお前を、私の子を産ませる為だけに娶《めと》ったのではない」

ああ、なんか、そんな事言ってたなぁ。

でも、まぁ普通そう言わね? 身体だけ、子供だけが目的です、なんて隠すよね?

いや、最初からハッキリと「子供が欲しいだけなんだ」と言われても逆に清々《すがすが》しくて好感持てるけど。

まさか——。

「侯爵様は、ゲテモノ食い……?」

いや、自分で言ってて切ないが。私はこの身体は誇《ほこ》りだけど、世間一般《せけんいっぱん》ではそうじゃない事も勿論分かってるし。

普通、女は傷がない事が美徳とされてる。汚れなきものが美しい、と。そんな価値観クソ喰《く》らえ、だけどさ。

侯爵は、まだ壁を見つめつつ口をモゴモゴさせてる。

そして、意を決したように、私の顔を見た。

「違う。お前が……セルギオスの、妹だからだ」

また、その名前が予想外のところで飛び出してくる。

私は、完全に意表を突かれて、身体を強張《こわば》らせてしまった。

セルギオス。

私の兄。

完全に予想してなかった。またここでその名を聞くとは。

兄の——妹だから。

……ん？　どういう事？

「侯爵様は、兄と、お知り合いなのですか？」

兄はずっと昔に死んだし、身体も弱かったからあまり領地の外には出なかった筈だけど。

誰かが外から、兄の元を訪れる事も少なかったけどなぁ。

私の言葉に、侯爵はフッと自嘲気味に笑う。

「昔、剣術大会で。軽く、何度か言葉を交《か》わした程度ではあるが」

ベッドに改めて座り直した侯爵が、少し遠い目をしながら語り始めた。

「侮《あなど》りはあった。貧乏《びんぼう》貴族、と。しかし、対戦してそんな侮りなど払拭《ふっしょく》された。私は勝てなかった。

一度もな」

……んー？

既視感があるぞー？

その話、もしかしてー？

「そ……その大会とは、数年前の？」

「ああ、そうだ。しかし、ある時からヤツは試合に一切《いっさい》顔を出さなくなってな。聞いたら、病《やまい》で死んだ、と。私は、セルギオスに、一度も、勝てなかったのだ」

……あー。

それ、私や。

コッソリ兄の名前と身分で剣術大会に何度か参加してたら、それが母親の耳に入って自宅軟禁された時の事だねー。

ホントはもっと昔に兄は亡くなったんだけど、娘が参加して他の貴族子息を剣で打ち負かしたと知られたくない母が、体裁《ていさい》を繕《つくろ》って、試合の後に兄は死んだと誤魔化《ごまか》したんだ。

……そっか、あの大会の対戦相手に、侯爵いたんだ。全然意識してなかった。

言葉を交《か》わしたと言ってたけど、全然覚えてないわ。

「ち……因《ちな》みに、どんな会話をかわされたのですか……？」

下手な事言ってないよな、自分。

そう尋ねると、侯爵は肘《ひじ》を膝について、少し眩《まぶ》しそうに目を細めた。

「……負けた後、何故そんなに強いのだ、と一度聞いてみた。そうしたら——」

そうしたら？

「私はただ、自分の剣の強さを知りたいだけだから、と。自分の名誉《めいよ》や家の名声の為に縋ってないから、と」

ああ、それは誰かに言った気がする。

なんかさぁ。

対戦相手の貴族たちはさぁ。

自分の強さを先にひけらかそうとしたり、家の身分の高さを笠《かさ》に着て威圧したり、なんかつまんねェ戦い方してたからさぁ。

剣術大会に参加したのだって、普段は『女だてら』とか『女にしては強い』とか『女なのに』とか言われるから、頭きたからだし。

純粋《じゅんすい》に、性別を超《こ》えて何処まで自分の剣の腕が確かなのか、確認したかった。

女の姿で戦うと、たとえ勝ったとしても、手加減したとか油断したとか言われるし、それがホントなのかウソなのか分からないしさー。

「全てのしがらみを背負っていない彼は、確かに強かった。体躯《たいく》は病の影響か細かったが、相手の力を利用して返したり、隙をついて的確な場所を攻撃《こうげき》してくる比類なき正確さは、本当に凄かった」

ウットリ空中を見つめつつ語るカラマンリス侯爵。

その顔には、陶酔の色が浮かんでいた。

多分、今侯爵の頭の中には、当時の思い出が美しく飾られてキラキラした状態で再生されているのだろう。

これは。

あの。

つまり……？

「あの、もしかして。私を娶ったのは、セルギオスと縁続《えんつづ》きになりたかったから、とか、セルギオスの……その……」

恐る恐るそう尋ねると、侯爵の頬にサッと赤みが差す。

「……ああ。そうだ。それに、あの才能を失ってしまうのは惜《お》しい。あの者はもうこの世にいないが、その双子の妹がいると知ってな」

ははは。つまり、そういう事か。

まぁ、なんとなく、裏があるんじゃないかとは、思っていたけど。

気づいた瞬間、ムカムカと腹が煮えてきた。

コイツ、私を見てるんじゃない。

私を通して、私の後ろにいる、セルギオスを見てる。

やっぱりな。

つまりそういう事なんだな。

私は、ベッドに腰掛《こしか》けた侯爵の傍までそっと寄った。両手でその顎をすくい、少し上を向かせる。

侯爵が、懐かしい思い出に潤《うる》んだ瞳を私に向けてきた。

「セレーネ、だから――」

「ふざけんなコラ。お前は私を舐めてんのか？」

私はなんとかその怒りを抑えつつ、でも声音にその怒りをダダ漏れさせさせながら、侯爵の顎をガッと掴む。

「アレだろ？　昨日、私に聞きたかったのは、『もしかしてセルギオスは生きてるんじゃないか？』って事じゃねぇのか？」

昨日、侯爵の部屋でセルギオスの事を私に確かめようとしたのは、あの時乱入してきたのが私なのではないかと疑ったのではなく、セルギオスが死んだという情報が嘘だったんじゃないか、と聞きたかったたって事かよ。

なら、アティに何があったのかを私に説明する気はねぇわな。

あの時、侯爵の頭の中を占《し》めていた事は、心配する私でも、火傷したアティの事でもなく、セルギオスの事だったんだもんな？

「せ……セレーネ？」

侯爵が、目を白黒させている。

私がキレてる理由が、分からないようだ。

「娶ったのは、自分の子供が欲しいからじゃなく、セルギオスの血を継いだ子供が欲しいからって事かい」

そう言うと、侯爵がハッとした。

私の言いたい事が分かったか？

分かっててもヤメねぇけどな。

「アレだろ？　私の身体の傷なんて、セルギオスの血を継ぐ事を考えたら、なんて事はない、そういう事だろ？　結局、『傷を見なかった事』にしてんじゃねぇか。私を馬鹿にすんのも大概にしろよ？　な？」

侯爵の顎にかけた指がメリ込む。このまま砕《くだ》いてやろうか。

「私はそんなつもりは――」

「つまんねぇ言い訳すんな。結局、『私』じゃなくてもいいんじゃねえか。これが、私の妹たちでも同じじって事だろ？　あ？　どうだ？　違うか？」

問うと侯爵が口籠もる。図星かコラ。

「まぁ、そんなヤツに大切な妹たちを渡せねぇけどな？　考え変えた。いつでも離縁されていいと思ったけど、お前がその考えを改めるか、お前が枯《か》れるまで、無理にでもこの地位に齧《かじ》り付いてやるからな？　覚悟しとけよ」

私は、掴んだ侯爵の顎を突き放す。

その勢いに、侯爵はベッドに手をついた。

後ろにバランスを崩した侯爵の腹に膝を突き立て、その胸《むな》ぐらを掴み上げる。

「私が実力行使で、侯爵様の大事な所を潰さざるを得ないような事にならないように……大人しくしていてくださいな、侯爵様」

そう伝え、彼の唇に触れるか触れないか、近づいて離れた。

「それでは、お休みなさい」

私は彼からサッと離れて扉のところまで歩く。

そして扉を開け放ち、恭《うやうや》しく頭を下げた。

暫く逡巡していた侯爵だったが、私が動かなかったので、諦《あきら》めて部屋から渋々《しぶしぶ》出て行った。

バタン！　と、盛大な音を立てて私は部屋の扉を閉めたった。

全く。どいつもコイツも！　ムカつくわ‼

結局誰も『私』じゃなくて、私の家柄《いえがら》、縁、周りの事しか見てねぇなっ‼

それに。

侯爵に男装がバレたらマズイ事だけは分かった。

アイツに正体がバレたらどうなるか分からん。

どうしてこうなった。

私か？

私が男装してたのが悪いのか？

もうヤメようかな、男装。

――かっこよかった！

その瞬間、アティの嬉しそうな声が耳に蘇る。

いや、アティのヒーローでいたい。アティがセルギオスを求めるなら、私は何度でも彼になろう。

どうか、セルギオス、私に力を貸して。

アティを守る為の力を。

アティと兄の事を思い浮かべたら、スッと怒りが引いてきた。

私はそのまま、兄とアティの事を思い返しながら、扉に鍵をかけてベッドに潜り込み、ついでにアティの頭皮の匂いを思い出しながら眠りについたのだった。

義理の娘《むすめ》の敵を見つけ出す

アティが寝込《ねこ》んだ日の翌日。

清々《すがすが》しく空が晴れ渡《わた》った朝アティに会いに行くと、ノックして扉《とびら》を開いた瞬間《しゅんかん》、足にアティが抱《だ》きついてきた！

運命の再会ね！　私も会いたかったわアティ‼

思う存分抱きしめて匂《にお》いを嗅《か》いで顔中にキスしたった。キスしまくったった。チュッチュチュチュッチュ音立てまくったった。

しかし、アティの身体《からだ》はまだ少し熱かった。これは油断すると、また高熱をぶり返すな。

本人はスッカリ元気だったが、これは多分、身体が熱に慣れただけだ。まだ熱は下がりきってないよう。

大事をとって今日も安静にする事になった。

アティの部屋で一緒《いっしょ》に食事を摂《と》った後は、マギーが暫《しばら》く面倒《めんどう》を見るとの事。

私はその隙《すき》に、色々やっておく事にした。

まずは。

男装セットを買い直さなきゃ……。

服、焦《こ》げちゃったし。

でも。その間アティの傍《そば》を離《はな》れる事になるんだよな。

サミュエルに言われなくっても、誰《だれ》が敵か分からない今、あまりアティから離れたくない。

あー。やっぱり一人で動くには制限あるなぁー。せめて、誰か男装の事を話せる人がいると楽なんだけどなぁ。

男装を伝える相手か。

侯爵《こうしゃく》——ナシ。ナシ中のナシ。絶対NG。どんな反応するか分からないし。あと、なんとなく、個人的に、教えたくない。ヤダ。

家庭教師サミュエル——ナシ。信頼《しんらい》されたばっかだから。ここで『嘘《うそ》ついてましたー☆』とか言ったら、またどんな罵声《ばせい》が飛んでくるか分からない。

子守頭《こもりがしら》マギー——アリな気がする。恐《おそ》らく、現時点でアティを害する気もなさそうだし、私の味方ではないけれど、少なくともアティの味方だ。

……うーん。そう、アティの味方だけど、私の味方じゃないんだよなぁ……。

男装の事を弱味とされないかなぁ。

されないとは思うけど、まだその確証がない。

うーん、困った。

「本当に、困った」

「なにがこまったんだ？」

そんな無邪気《むじゃき》な声が、横から飛んだ。

しまった！　庭の東屋《あずまや》でノンビリしてたから警戒《けいかい》してなかった！　しかも、気配が……って、アレ？

私に声をかけてきたのは、東屋の柵《さく》からピョコッと顔を出した小さな少年だった。

あれ、この顔は――。

「エリック、様？　何故《なぜ》ここに？」

私は、立ち上がって膝《ひざ》をつき、挨拶《あいさつ》をした。

いくら幼児といえど、侯爵夫人より公爵家《こうしやくけ》子息、そして嫡男《ちやくなん》である彼《かれ》の方が身分が高いからだ。

アンドレウ公爵の嫡男、次期アンドレウ公爵。乙女《おとめ》ゲームの中でのメイン攻略《こうりやく》対象。

エリック・スタティス・アンドレウ。

アティの婚約者《こんやくしや》であり、途中《とちゆう》、アティから乙女ゲームの主人公に乗り換《か》えて婚約破棄《はき》するクソ野《や》郎《ろう》――と。まだ違《ちが》うけど。

アティの一つ上だから、今は四歳《さい》か。

しかし、何故彼がカラマンリス邸《てい》の中庭にいるんだ？

「エリック様。どうしてここにいらっしゃるのです？　どなたと一緒にいらしたのですか？　一緒にいらっしゃった方々はどちらに？」

私はエリックに再度問いかける。

彼は、私の言葉に答えず、ヨイショと私が今まで座《すわ》っていたベンチに腰掛《こしか》けた。

「あてぃにあいにきた！」

「アティに？」

「うん！　あてぃのみまいだっ！」

みまい？　あ、お見舞《みま》い。

「あてぃがかみのけきったから！　かみはおんなのいのちなんだろ‼」

ああ『髪《かみ》は女の命』か。まぁ、一部そう言われているな。

アティの髪の場合は、女の命どころか世界の光だ。希望だ。太陽だ。なくなったら人は生きられないからな‼

まぁ、アティは今のボブカットでも滅茶苦茶可愛《めちゃくちゃかわい》いけど‼

そうか。お見舞い。一応、アンドレウ邸で起こった事だったから、そのお詫《わ》び的な事だな。エリックを連れてきたという事は、本当に婚約は上手《うま》くいくんだ。

それは良かった。

アティが悪役令嬢《れいじょう》になんかならなければ、婚約破棄もされる事はない。

……まぁ？　エリックと結婚するっていう事に、イマイチ納得《なっとく》はいかないけれど。

このエリックは、乙女ゲームのメイン攻略対象。つまり、典型的な王子キャラ。

金髪碧眼《きんぱつへきがん》で精悍《せいかん》な顔つき、剣《けん》を嗜《たしな》み物腰柔《やわ》らか。少し直情的なところはあるが、それは正義感の表れ。

アティから乗り換えたエリックは、まぁスマートに乙女ゲーム主人公に接する。

主人公の健気《けなげ》な部分を見抜《みぬ》き、何処で見てたんだか悪役令嬢アティの悪行を暴《あば》いていく。

私は、あんまり好きじゃなかった、と記憶《きおく》してる。

私が好きだったのは別のキャラ。そんな王子王子したヤツなんか、ウンザリって感じだったし。

ぶっちゃけ、このエリックはうわっぺらな正義感を振《ふ》りかざしていて、底が浅くて若干《じゃっかん》ウザいな、と思ってた。

それはゲームの脚本家《きゃくほんか》のせいかもしれない。

「おまえはなにしてるんだ？」

過去の事を思い出していると、エリックが首を傾《かし》げて私の顔を見上げてきていた。

あ、そうか。エリックは私を知らないんだな。

「私はこの屋敷《やしき》の主《あるじ》、カラマンリス侯爵の妻ですから。この家が私の家なのですよ」

「つま？」

「ええ。アティの母です」

「はは？」

なんで疑問系なんだよコラ。似てないからか？　似てないからだな？　似てないよ！　産んでないからな‼　それが何か⁉

「おとこなのに？」

……聞き捨てならねぇな。

「なんですって？」

私は、顔はなんとか笑顔《えがお》を保持しつつ。でも、青筋は浮《う》いてたかも。

膝をついたまま、エリックと同じ目線で、なるべく朗《ほが》らかに聞き返す。

「だっておとこだろ？」

「……エリック様。それは違います。私は女ですよ。どっからどう見ても――」

「おまえ、せるぎおすだろ⁉」

っ⁉

今、なんてった⁉

「あの、私の名前はセレーネ――」

「おまえはせるぎおすだ！　このあいだ、おれ《↑↓》とあてぃをドンってした！」

しまった。顔、覚えられてたか！

「だろ⁉　おまえはせる――むぎゅ！」

大声で喚《わめ》くエリックの口をガバッと塞《ふさ》いだ。

誰かに聞かれたら大変‼

「エリック様。私は、セレーネ。セルギオスではありません」

噛《か》んで含《ふく》めるように私はエリックに言い聞かせた。

しかし、エリックは首をブンブンと横に振ろうとする。そして、塞がれた口で何かをモゴモゴ叫《さけ》んでいた。

「エリック様、叫ばないでください」

「○×△□××△○○‼」

「エリック様……」

「△△○□×‼」

「エリックさ――」

「○×ー‼　△×□□□‼」

「……」

……こうなったら、仕方がない。とっておきの、幼児を黙《だま》らせる技《わざ》を使わねばならないか。

「エリック様、よくお聞きください」

私は、わざとらしく周りをキョロキョロしてから、声のトーンを落としてエリックに語りかけた。

「如何《いか》にも。私の名はセルギオス。しかし、それは他の方々にはバレてはならない事なのです」

出来るだけ神妙《しんみよう》に、真剣な顔をしてそう言うと、エリックが目を見開いて私を凝視《ぎようし》した。

「セルギオスは強大な悪を倒《たお》す為《ため》に、身分を偽《いつわ》って、アティ様のお傍についているのです。偽りの名は『セレーネ』。アティの母として潜入《せんにゆう》しているのです。よくぞ、私の正体を見破りましたね、エリック様」

そこまで言うと、突然《とつぜん》、エリックの目がキラキラ輝《かがや》いた。

やっぱり、好きよね、そういうの。

私は、ゆっくりエリックの口から手を離す。

エリックは、フニャけた口元で私を羨望《せんぼう》の眼差《まなざ》しで見つめていた。

「アティ様は、世界を助ける為の鍵《かぎ》なのです。アティ様に何かあったら、この世界は滅《ほろ》んでしまいます。しかし、何者かが世界を壊《こわ》そうと企《たくら》み、アティ様を亡《な》き者にしようとしております。私は、それを食い止める為の秘密組織――えーと、ドラゴン騎士《きし》団の騎士、セルギオスです」

適当に今考えた設定だったけど、エリックは目をキラッキラさせてコクコクと頷《うなず》いている。

「いいですか。私の正体が他の人間にバレてはマズイのです。そうすれば、私は消されてしまう。そうなっては、アティ様をお守り出来ない。お守り出来なければ――」

私はここで、わざとらしくタメる。

「――世界が、滅んでしまいます」

その真剣な声に、エリックがゴクリと唾《つば》を飲み込《こ》んだ。

「普段《ふだん》は、私の事は『セレーネ』とお呼びください。絶対、間違っても男の名で、呼んではいけませんよ」

そう伝えると、エリックはゆっくり頷いた。

ヨシ、ここで最後のダメ押《お》しだ。

「エリック様、これを」

私は自分のスカートを少したくし上げ、普段足首に隠《かく》しているナイフを、収まったホルスターごと外す。そしてそれをエリックに渡した。

「これはドラゴン騎士団の証《あかし》。普段はこれを抜《ぬ》いてはいけませんよ。これは武器ではなく『証』ですから。誰にも見られない場所に隠しておいてください」

私は鋭《するど》い眼光でエリックを射貫《いぬ》く。エリックは目ん玉をひん剥《む》き、口を半開きにした。ヨダレを垂らしそうな程《ほど》、頰《ほお》を緩《ゆる》ませながら。

「私の正体を見破ったエリック様は、騎士団への所属の資質がおありです。いえ、もうこれでドラゴン騎士団の一員です。貴方《あなた》も、アティ様をお守りする義務が生じました。いいですね？　エリック様も、私と一緒に、アティ様をお守りするのです」

意味深に、一度そこで言葉を切り、

「――ドラゴン騎士団の、一員として」

そう力強く伝えた。

エリックは頬《ほ》っぺたを真っ赤にし、頭から蒸気を立ち上らせそうな勢いで興奮しているよう。ナイフをホルスターごと抱き締《し》めコクコク頷いた。

よし。洗脳完了《かんりよう》。

かなーり頼《たよ》りないけど、欲《ほ》しかった味方が一人出来たぞ。

……まぁ、お守りする子が一人増えた、とも言うが。

「ドラゴン騎士団は秘密組織。決して、他の人間に知られてはなりません、良いですね？」

私が口に人差し指を当ててそう言うと、つられたのか、エリックも同じように人差し指を口に当てた。何ソレ、可愛い。

まぁ、秘密に出来るとも思ってないけどねー。でもこれで、エリックの口から私の名前が出たとしても、一緒にドラゴン騎士団の名前が出て、周りの大人は本気にしないだろうな。ヨシっ。

「そのままでは、ドラゴン騎士団の証である事がバレてしまいますね。隠しましょう」

そう言って、私はナイフをホルスターごと受け取ると、肩《かた》にかけていたショールを取ってそれで覆《おお》い隠す。再度エリックへと手渡《てわた》して、力強くゆっくり、意味深に、頷いた。ホントは特に意味はないけど。

「それでは、私はこれで失礼させていただきます」

私は立ち上がり、エリックに恭《うやうや》しく頭を下げる。

そして、出来るだけゆっくりと、その場を後にした。

咄嗟《とっさ》の判断とはいえ、よくやった私。

私は自分の演技の出来に満足し、悠然《ゆうぜん》と屋敷へと戻《もど》って行った。

＊＊＊

熱も引いて、アティはすっかり元気になった。

また、エリックの見舞いも嬉《うれ》しかったよう。

新しい髪飾《かみかざ》りをプレゼントされて舞《ま》い上がっていた。うん。可愛い。似合うよ。良い趣味《しゅみ》してるじゃん。誰が買ったか知らないけれど。

ま、それと同時に、庭で摘《つ》んだアティの好きな花も持たせたからな。

「これ、すき」

と頬を赤らめたアティはこの世のものと思えないほど可愛かった。思わず昇天《しょうてん》しそうになったね。

でも、一番はコレだったかも。

アティの部屋に来たエリックが、突然アティの手を握《にぎ》って叫んだのだ。

「あてぃは！　おれがまもる‼」

……ドラゴン騎士団の話をスッカリ信じたエリックが、その使命感に駆《か》られて口走ったのだ。

まぁ、セルギオスの名前を出さなかったから、ヨシとしよう。

アティはその言葉がよっぽど嬉しかったのか、その日の夜一緒に寝《ね》た時は、その事を何度も何度もずっと話していた。

微笑《ほほえ》ましい。ホント、微笑ましい。

その瞬間を写真撮《と》って額縁《がくぶち》に飾りたかった。

それが出来ないので、心の額縁にこれでもかってほど飾り付けて刻み込んだ。

ホント、尊い……半分昇天しかけたよ。

アティが元気になったのは嬉しい。

嬉しいんだが……。

アレ以来、エリックが頻繁《ひんぱん》に訪ねて来るようになった。

どうやら、ドラゴン騎士団の修行《しゅぎょう》をしたいらしい。

キラキラとした羨望と尊敬の眼差しで訪《おとず》れては、私を都度都度見上げてきた。

最初は忙《いそが》しいからと断っていたんだけれども。

断ると、エリックが目に見えてガッカリするので罪悪感が。

しかも、

「きしだんだからいそがしいんだ。しかたないんだ」

と、自分に言いきかせて、ショボンとした背中を見せるもんだから――もう!!

アティが勉強中の時だけ、エリックに稽古《けいこ》をつける事にした。

ただし。

稽古をつける時は、世を忍《しの》ぶ仮の姿で行う事、セルギオスではなくセレーネと呼ぶ事、ドラゴン騎士団の話は口にしない事、それをキッチリ守らせる事とした。

……まぁ、無理だとは思うんだけどね。

稽古の時は、エリックの傍には世話役の少年が常に付き従っていた。

私は彼に『今エリックの中で流行《はや》ってる設定で、キャラになりきってやってるんだ』と説明しといた。


「さてエリック様！　準備はいいですね‼」

「はい！　だんちょう‼」

いや、団長ではないんだけどね。まぁ、いいけど。

中庭で、動きやすい格好《かっこう》をしたエリックと、同じく動きやすい格好をした私は、面と向かって立っていた。

今、アティは家庭教師サミュエルの授業を受けている。

「ではエリック様！　修行を始めますよ！」

「しゅぎょう！　おれひっさつわざおぼえたい！　かっこいいの！」

エリックは、腰に差した木刀を抜き放ち、ブンブンと振り回す。

しかし私は、その木刀をキャッチして取り上げた。

「エリック様。貴方は勘違《かんちが》いしています。騎士団の強さは力や剣の強さではありません。心の強さです ッ‼」

そう言うと、エリックはキョトンとした顔をする。どうやら、必殺技《わざ》を伝授してもらいたかったようだ。

そんなものはない‼

「こころのつよさ？」

「そう、心の強さ。だからといって、心の強さとは、泣かない事や我慢《がまん》する事、泣き言を言わない事でもありません。理不尽《りふじん》に立ち向かう心を持つ事、そして、辛《つら》くて挫《くじ》けても、いずれ立ち上がったら前に進む事ですッ！」

熱弁したけど、エリックは小首を傾げている。

……ヤバい。可愛い。

うん。まぁ、概念《がいねん》的な事を伝えても、分かりにくいよね。

私は、膝をついてエリックの目線に合わせる。そして、その両手を取った。

「エリック様は、『男だから泣くな』とか『男だろ我慢しろ』とか、沢山《たくさん》言われてませんか？」

そう尋《たず》ねると、エリックは大きくウン！　と頷く。

「うん！　だっておれおとこだもん！」

私は、ふぅとため息を一つついた。

やっぱり、まぁそう教育するわな。普通《ふつう》。

私は、エッヘンと胸を張るエリックを、真面目《まじめ》に、真摯《しんし》な眼差しで真《ま》っ直《す》ぐ見た。

「エリック様。男だからとか女だからとか、それは違うんです。泣きたい時は泣いていいんです。我慢出来ない時は、逃《に》げたほうがいい事もあります。それは、男も女も関係なく、みんなそうなんです」

伝わるかどうか分からないけれど、私は自分の考えを伝える。

男だから泣くな、なんて、酷《ひど》く愚《おろ》かな事だ。

男なら泣いてはいけないのであれば、そもそも男には泣く機能が備わってない筈《はず》。しかし、そうなっていない。泣く事は生理現象で摂理《せつり》だ。それを我慢する事の方がオカシイ。

泣く事が情けないとか無様だ、なんて事はない。

泣く事は高まった感情の発露《はつろ》。ストレスを解放する行為《こうい》。

悲しくて泣く、悔《くや》しくて泣く、辛くて泣く。

人は、極限まで高まった感情を『泣く』事で発散し、バランスを取っているのだ。

感情は、出さなきゃそのうち出し方を忘れてしまう。つまりそれは、感情やストレスを、腹に溜《た》め込んでしまうという事だ。

そして、それがいつしか他の事に影響《えいきょう》を与《あた》えてしまうようになる。

侯爵が、妻の死を受け入れられなくて、生写しのアティに接せられなくなったように。

泣く事が無様？　何処がだよ。

私にとっては、泣く人間を嘲笑《あざわら》う方が無様だ。

「痛い、辛い、嫌《いや》だ、そう思ったら、私にちゃんと伝える事。出来ますか？」

ゆっくりと、エリックに説明する。

しかし、エリックは微妙《びみょう》な顔をしていた。

恐らく、普段言われている事と正反対の事を言われたからだろう。

イマイチ、納得していないようだ。

「でも、そしたら、しゅぎょうできない」

シュン、と肩を落とすエリック。

ああ、そういう事か。

「エリック様がそう言ったとしても、修行はやめませんよ？　エリック様が『修行をやめたい』って言うまでは続けますすよ」

そう笑顔で伝えると、彼の顔が途端《とたん》にパァっと輝いた。なんて良い顔をするんだキミは。

私は、エリックの頭をゆっくり撫《な》でつつ、私の考えを伝える。

「痛いと伝えて欲しいのは、怪我《けが》したら治したほうがいいからです。辛い、嫌だと思ったら、じゃあ辛いと感じない、嫌だと感じない方法を、エリック様と一緒に考える必要があるからです」

怪我をおして練習して身体を壊し、再起不能になったアスリートがどれだけいるか。前世の世界でもゴマンとある話だ。無理して良い結果を残した人は、それはただ身体や心が頑丈《がんじょう》だっただけだ。個人の資質に依存《いぞん》した指導法など、良い方法である筈がない。

「それに、そう言葉で伝えてもらえないと、私にはエリック様が痛いとか辛いとか、何を感じているのか分かりません」

感情を上手く言葉に出来ないと、発散出来ずいつか爆発《ばくはつ》してしまう。感情の爆発は、一番悪い結果を招く事が多い。悲しみも、そして怒《いか》りも。

感情を上手く処理する為には、まずは言葉にする事――幼い頃《ころ》は、まずそれが大事。

言葉にするには、ある程度、自分の感情を客観視する事が必要になる。

その練習を、小さい頃からするのだ。

そうして、人は気持ちを制御《せいぎょ》する術《すべ》を身に付ける。自分の感情が分かれば、自分で対処出来るようになる。

――怒りを他人にぶつけて傷つけて発散したり、不機嫌《ふきげん》を他人にケアしてもらわなければならなかったりするような人間には、なって欲しくない。

そんな男は、アティの夫には相応《ふさわ》しくない。

そう、これは夫修行だ。

アティに相応しい夫になる為の修行である‼

ま、本人には勿論《もちろん》言わないけど。

「最初は難しいと思いますが。騎士団の修行は難しいのです。エリック様は、ついて来られますか？」

私は、ニヤリとしてエリックを挑発《ちょうはつ》する。

その言葉に発奮したエリックが、あたりまえだ！　と大声で叫んだ。

よし。これぐらいハッキリした方が丁度いい。上辺だけをなぞるような生き方なんかして欲しくないしな。

「よし！　それではまず！　体捌《たいさば》きの練習です！　受け身は戦いの基本中の基本‼　エリック様いきますよ！」

「はい‼」

二人でそう気合いを入れた私たちは、周りの人間が呆《あき》れるほど、庭をゴロゴロ転がりまくるのだった。

＊＊＊

「セレーネ。暫くお前は屋敷から出るな」

最近ずっと屋敷に逗留《とうりゅう》しているカラマンリス侯爵――自分の夫から、そう告げられたのは、とある朝の食堂での話。

アティとはいつも通り食堂で一緒に食事を摂《と》っていたが、いつの間にか、そこに侯爵が参加するようになっていた。

ま、そこにいるからといって、喋《しゃべ》らないいんだけどね。

しかし、今日は違った。

私の方は見ずに、アティの食事の介助《かいじょ》（といっても、アティは自分で結構ちゃんと食べられるけど）をしている私に、一言、そう言い放った。

「……どういう事ですか？」

侯爵の言葉に、当然納得なんかいかないので、すぐさまそう切り返す。

「言葉の通りだ。いいな？」

即行《そっこう》で冷たい声が返ってきた。

オイオイオイオイ。何の説明もナシに命令だけって、随分《ずいぶん》いいご身分だな。

いい身分は事実だが！

……ホント、コイツは何の説明もしねぇなぁ。

かなりイラッとしたけれど、ここにはアティやそれ以外の家人たちがいる。

ブチ切れられない。

っていうか、侯爵、それが分かっててここで言ったな!?

ここでは私が大人しく「はい」としか言いようがない事を分かってて!!

くっそう。

うーん。

ムカつく。

でも、アティの前で険悪なムードにはなりたくない。

ああでも……。

「侯爵様」

私は、アティに向かっていた身体を真っすぐに侯爵へと向け直し、改めて問いかけた。

「侯爵様のお言葉は絶対だという事は理解しております。しかし、一方的に言われたのでは承服しかねます。理由を、ちゃんとお教えいただけますか？」

私は理由も知らずにハイハイ頷くタイプじゃねぇぞ。

「もし、ここでは話せないような内密の内容であれば、後で部屋へお伺《うかが》いしますので」

丁寧《ていねい》に、私は自分の意見を述べた。

そう、こうやってアティにも『納得いかねぇ事は呑《の》み込まずその場で抗議《こうぎ》の声をあげる』事を覚えて欲しい。

私たちは首振り人形ではないのだ。

侯爵は食事をする手を止めて、微妙な、本当に微妙ーな顔をする。

そして、

「……セレーネ。お前は今、『修行』と称《しょう》してエリック様を家に招いては色々と教えているそうだな」

そう言いにくそうに言った。

「うっ……」

ああ、やっぱり。その事は侯爵の耳にも入ったか。まぁ、エリックが黙っていられるワケはないとは思っていたけど。

一応心の中で言い訳させていただくと！　エリックを私が家に招いた事は一度もありません！

あっちが勝手に来るんですぅー!!

「その時に、どうやら先方の教育方針とは違う事を教えているとか」

「ぐうっ……」

……言い訳すら出来ない。ええ、その通り。

だって、向こうの教育のままにしたら、エリックは薄《うす》っぺらい正義感を振りかざすウザい男になるじゃん。あの乙女ゲームのキャラのままに。

そんなのアティの夫としてはふさわしくない。だから私が洗脳——違った、ちゃんとした『人間』になる為の心構えをさ、こう、ね。伝えようと……。

「すみません」

確かに。それによって侯爵の立場を悪くしてしまった。

そこは反省。素直《すなお》に謝《あやま》った。

「しかも、『受け身は基本中の基本！』とか叫びながら、庭でゴロゴロ転がって泥《どろ》だらけになるそうだ」

……ああエリック。

偉《えら》いぞ。家でもちゃんと自主練してるんだ。これぞ教え甲斐《がい》があるってもんだ。団長は嬉しいぞ。団長じゃないけどね。

思わず嬉しさで顔をニヤけさせてしまったら、侯爵がそれを目ざとく見つけて睨《にら》みつけてきた。

すみません。反省は、してます。一応。泥だらけになるから庭ではやらず、家のカーペットの上とかでやりなさいと伝えるべきでした。

「ともかく。今後、エリックを家に招かず、お前は部屋で大人しくしていろ」

面倒《めんどう》くさそうな顔をした侯爵は、そう言って話を締めようとしたが、

私は更《さら》に言い募《つの》った。

「あの、一つ、よろしいでしょうか？」

「なんだ」

ああ、マジ面倒くさそうな顔。ああいう顔を、アティに向けて欲しくないなぁ。私には別に構わないけど。面倒くさそうな顔されたって言いたい事は言うから。

「エリック様の方からいらした場合は、どのように対処すれば？」

そうだよ。私は一度だってエリックを自分で呼んだ事なんてないもん。『だんちょう！　しゅぎょう‼』と言って事あるごとに訪ねて来るのは向こうだもん。

「……いないと言えばいい」

「嘘を、つけと？」

そう切り返すと、今度は侯爵がウッと言葉を詰《つ》まらせた。

ここにはアティがいる。アティがいる前で、嘘をつく事を、肯定《こうてい》出来るかな？

そういえばと思ってアティの方をチラリと見てみたら、私と侯爵が話をしているのを見たのが新《しん》鮮《せん》だったのだろうか。キラッキラした顔で私と侯爵を交互《こうご》に見ていた。

嬉しいのか。その顔は、嬉しいんだな？　結構険悪な感じになってるけど、アティにとっては私と侯爵が会話している方が嬉しいんだな？

もう！　なら今度からアティの前でウザいぐらいに侯爵に絡《から》んでやんよ‼

「……エリック様から来てしまった場合は応対していい」

侯爵が、憮然《ぶぜん》としつつそう呟《つぶや》いた。

「その代わり、下手な事は教え込まないように。いいな？」

そして、ダメ押ししてきた。

どうでもいいかもしれないけどさ、この「いいな？」って人に意見を押し付けるの、好きじゃないなぁ。

ああ、でも私も他人にしてるかも。気を付けないと。

「分かりました」

私は恭しく頭を下げた。

＊＊＊

……早速《さっそく》さ。来たよね。エリック。暇《ひま》なんかな？

まぁ、まだ四歳児だからね。マナーや勉強を行う時間以外はフリーなんだろう。

でも、来すぎじゃね？　怒《おこ》られない？　エリック自身が、怒られない？

屋敷の中で応対した私は、侯爵の言いつけ通り外には出ず、エリックを談話室まで案内した。エリックといつも一緒にいる世話役の少年も一緒に。

しかし。今日はワケが違った。

一緒にアティも家庭教師のサミュエルもいた。

なんで？

談話室に勢ぞろいした違和感《いわ》ありまくりの面々を前に、さてどうしたもんかと悩《なや》む私。

まず。サミュエルにセルギオスの正体がバレてはマズイ。

しかし、エリックの口からツルっと出る確率が物凄《ものすご》く高い。っていうか、絶対出る。百パー出る。

まいった。どうしよう。

つか、なんでサミュエルがここにおんねん。お前、今日はアティの授業じゃなかったんかい。

「あの、サミュエル。貴方は何故ここに？」

私はとてつもなく引きつった笑顔だったのだろう。サミュエルは普段の鉄仮面笑顔の中に、若干の嬉しさを滲《にじ》ませていた。

「セレーネ様が、エリック様に色々と教えている事があると聞いたもので。是非《ぜひ》それをアティ様の指導にも取り入れたいと考え、見学させていただきに参りました」

参りました、じゃねェよ！　口元がニヤついてるぞコラ！

もしかして、私の弱味でも探《さぐ》ろうとしてんのか!?　保険にアティまで連れてきて！

性格悪いなコイツ！　他人の事は言えないけどさぁ!!

「そんな、アティの指導に役立つような事は何も――」

「だんちょう！　おれうけみできるようになった！　きょうはなにするの⁉」

私がなんとか言い訳してサミュエルをどっか行かそうとする前に、エリックが！　エリックが‼

あっさり口を滑《すべ》らせた‼

「だんちょう？」

エリックの言葉に、アティが小首を傾げた。うん、可愛い。じゃなくて！

「ああ、ええとですねアティ。私はエリック様に……その……」

うう、どうしよう。世界の鍵となるアティを守る為のドラゴン騎士団があってね、なんて話は出来んぞ！

そんな話したら、当のアティが困惑《こんわく》するわ‼

「セレーネ様は、エリック様に、いざという時の所作を教えてくださっているんですすよ」

その台詞は思わぬところから飛んだ。

普段、ニコニコしてエリックの後ろに控《ひか》えている、世話役の少年が声を発したのだ。初めて声聞いた。

「しょさ？」

アティが、少年の方を見て再度小首を傾げる。そこからチラリとサミュエルを見上げると、

「『所作』とは、身体の動かし方、という意味です」

彼はアティに小さい声でそう説明した。

「そ、そうです。転んだ時やバランスを崩《くず》した時に、怪我をしないようにする為の『受け身』のや

り方を、エリック様に教えていたのです」

私は、世話役少年の助け舟《ぶね》に、ここぞとばかりに乗っかる。

助かった。本当に助かった。『団長』部分を見事にスルーし、しかも嘘もついてない。

やるやん、この少年！

さては、アレか？　既《すで》にエリックから『ドラゴン騎士団』の話を聞いてたな⁉　エリック、口が軽いぞ！　でも、助かったぞ！　ある意味ありがとうエリック！

……ん？　って事は、この少年、あの日現れた正体不明の貴族子息セルギオスが私だと、知ってるって事——

「ああ、イリアス様はエリック様と一緒におられるので、内容をご存じなのですね」

一瞬、目の端《はし》を引きつらせて、サミュエルは少年を見ながらそう絞《しぼ》り出す。私を問い詰められなくて面白《おもしろ》くなかったんだろうな。

はは。私だってそう簡単に——

イリアス？

なんか、聞いた事がある気が——。

あ、既視感《デジャブ》。

イリアス・ライサンダー・テオドラキス。

脳裏《のうり》に浮かんできたその名前。

乙女ゲームで見た名前。

しかも、結構頻繁に。

ああ、コイツ――。

乙女ゲームの攻略対象だ。

エリックの少し遠い親戚《しんせき》であり、将来の宰相《さいしょう》候補、テオドラキス宰相の嫡男、イリアスだ！

それに気づいた瞬間、私の脳裏には様々な思い出が蘇《よみがえ》ってきた。

ゲームの主人公やエリックたちと比べると少し年上。

味方にすると頼《たの》もしいが敵に回すと最悪、と言われる頭脳派で策略家。

ゲーム中、あんまり人好きするようなタイプじゃなかったのに、何故かエリックと親しげだと思ったら。

なるほど。エリックの世話係をしてたのか。

アンドレウ公爵家との、将来のコネクションを見据《みす》えて。

確か、エリックの七つ上だから、十一歳。

立ち居振る舞いを見ると、もっと上にも感じたが。

ヤバイ。コイツ、苦手なんだよなぁ……。

エリックが薄っぺらい正義漢なら、コイツはさしずめ毒の檻《おり》。いわゆる――ヤンデレ。

乙女ゲームにはそれぞれキャラごとに、バッドエンドやハッピーエンド、トゥルーエンドとやらが色々あるが、コイツの場合ちょっと特殊《とくしゅ》で、殆《ほとん》ど全《すべ》てのエンディングで主人公は軟禁《なんきん》や監禁《かんきん》される。なんでやねん。

まぁ？　そういう独占欲《どくせんよく》を発揮されて喜ぶタイプのニッチな乙女たちには人気があったようだけど、私はダメだったなぁ。

強制イベント以外は、なるべく近寄らないようにしてたっけ。

乙女ゲームの時とは似ても似つかぬ、子供っぽい無垢《むく》な顔だったから気づかなかった！

こんな無垢が蛇《へび》みたいな顔になるんだから、人って分からない……。

なんだろう。

このいたいけな少年があの偏執野郎だと気づいた瞬間から、私の脳内のある部分からメッチャ警戒警報出てる！

落ち着け私。まだこの少年は偏執野郎になってない。

まだ、変な性癖《せいへき》には目覚めてない。きっと。多分。おそらく。それはどうだろう？

そもそも性格って環境の影響も大きいけれど、持って生まれた性質もある。今後何かをキッカケにして、ヤバい方向に歪む可能性は決して低くない。

でも、これぱっかりは私にはどうしようもない。

さっきから、ニコニコした無垢な笑顔で私を見ているその幼い顔の裏に、とんでもねぇ怖い側面を隠してる気がしてならなかった。

気のせい、気のせいなんだ。気のせいなのは分かってる。

でも、この「苦手意識」はどうしようもない。

「セレーネ様？」

言葉を発しなくなった私に気づいたのか、サミュエルが声をかけてきた。

「おかあさま、おかお、へん」

アティがそんなド直球な指摘《してき》をしてくる。

「だんちょう?」

エリックまで、とんでもなく不安そうな顔をして私を見上げてきていた。

「セレーネ様、お顔が真っ青ですが、どうしたんですか?」

少年が、キョトンと首を傾げて問いかけてきた。

「あ……なんでも、ありません。今日は私、少し体調が悪いようです。申し訳ないのですが、今日の修行はナシにして欲しいデス……」

なんか、口まで上手く回らなくなってきた。

私がそう言うと、サミュエルがすかさず立ち上がり、ドア付近のベルを鳴らす。

すぐさま談話室に家人が入ってきた。

「どうやら奥様《おくさま》のお加減がよろしくないようです。エリック様方のお見送りをお願いします」

テキパキと指示をすると、家人がエリックと少年を立たせて玄関《げんかん》へと導いた。同時に、サミュエルもアティの背中を押して二人の見送りに出させる。

「おかあさま」

「だんちょう……」

私の傍を通り過ぎる時、二人は揃《そろ》って不安げな顔を私に向けてくる。

「少し、調子が悪いだけです。明日には元気になっています。心配かけてごめんなさい。大丈夫《だいじょうぶ》ですよ」

私は、出来る限り笑顔を作って二人に向けた。

＊＊＊

私は、自分で言うのもなんだけど、珍《めず》らしく自分の部屋に籠《こ》もって、ひたすら考え事をしていた。

今日の夕飯も摂らなかった。食欲なんて皆無《かいむ》だった。

アティには悪いと思ったけれど、アティの世話をマギーにお願いしたら、待ってましたと言わんばかりに喜んで受けてくれた。

さっきから、全身が粟立《あわだ》って落ち着かない。脳が警戒警報をガンガン鳴らしているのは分かるのに、その理由が分からない。

どうしたんだろう、自分。

もしかして、アティから風邪《かぜ》でも貰《もら》ったのか？

アティの風邪なら喜んで承《うけたまわ》っちゃうけど、これは多分違う。

エリックの世話係だ。あの子のせいなんだ。

あの子に関して、何かあるんだ。

でも、それが分からない。

実は、乙女ゲームについて何度も周回したけれど、このイリアスのキャラルートだけはエンディング・イベントのスチルコンプリートの為だけしかやっていない。

だから、実は彼についての詳細《しょうさい》やイベントについては、あまり覚えていないのだ。

それぐらい、本当に苦手だった。

いや、そんな事はない。だって、まだ今は何もされていない。される予定もない。

乙女ゲームの中では、悪役令嬢の継母《ままはは》と、イリアスとの接点はないのだから。

ただの苦手意識？

——ないよね？

そう思った瞬間、脳内の警報が更に大きくなった。

いてもたってもいられない。

私は座っていられず、部屋の中をウロウロうろうろと歩き回った。

何か忘れてるんだ。

きっと、すっごく重要な事。

でも思い出せない。

じっとしていられない。

どうしちゃったんだ、自分。

「らしく、ないな」

そんな声が、背後から飛ぶ。

驚《おどろ》いて振り返ると、扉のところに家庭教師サミュエルが立っていた。

「ノックぐらいしてくださる？」

いつの間に。勝手に開けんな。

「したさ。何度も。気づかなかったようだから、悪いと思ったが勝手に開けさせてもらった」

別に悪かったとも思っていない風で、後ろ手に扉を閉めて部屋の中へと入ってくる。

入ってくんな。許可してねぇよ。

「……貴方は、通いの筈。何故こんな時間までいらっしゃるのですか？」

この時間帯、この屋敷にいるハズのない人間に、その疑問をぶつけてみた。

「気になる事があって、今日は泊《と》まる事にした。旦那《だんな》様の許可は取ってある」

気になる事？

そんなの、今はどうでもいい。

それより、このどうしようもない感じだ。これを早くなんとか払拭《ふっしょく》したい。

「アティは今マギーが見てくださっています。おそらく、彼女《かのじょ》が傍にいれば大丈夫だと思います。多分、ですが」

ああ、アレか。アティの警護を頼まれたのに、彼女を放っておいてる事を指摘しにきたのか？

確かに。今誰が敵か分からない状態で彼女の傍を離れるのは得策じゃない。

でも、正直、それどころじゃないと感じてる。

どうしてだ？

私の中では、アティより優先すべき事なんてナイ筈なのに。

サミュエルは、部屋の扉の前で腕組《うでぐ》みし、扉に背を預けて足も軽く組んでいた。

そうやって、私がウロウロしている姿を暫く眺《なが》めていたかと思ったら。

「何をそんなに怯《おび》えてるんだ」

そんな言葉を放ってきた。

「怯えてる？」

私が？
何に？
「イリアス様と喋ってから、お前オカシイぞ」
イリアスと喋ってから？
イリアスが……。
「私、イリアス様を、怖がってる？」
まさか、そんな。
ただの少年だぞ？　まだヤンデレになる前の筈だし。
怖がる理由なんて、ない、筈……。
ない、よな。
あれ。
ああ、この感じ。
思い出した。
一人で、熊《くま》と対峙《たいじ》した時に似てるんだ。
私は、怯えてる。
怖がってる。
あの、あどけない少年から。
命の危険のようなものを感じ取ってる。
だから、頭の中で生存本能が警報を鳴らしてたんだ。

『逃げろ』

と。

でも、なんで？

自分が怯えているのだと自覚した瞬間、意図せず身体に震《ふる》えが走った。

足先から振動《しんどう》が始まって自分では止められない。

私は、自分の身体を抱いてなんとか震えを止めようとした。

「本当に、らしくない」

そんな声が、すぐ傍から聞こえた。

部屋のガス灯の明かりが何かに遮《さえぎ》られて、私に影《かげ》を落とす。

フワリと、沈丁花《ウインターダフネ》の香《かお》りがした。

サミュエルが、息の届く距離《きより》にいた。

私の身体を包み込むように腕《うで》を広げて。

その腕が閉じようとした時――

「ここが頸動脈《けいどうみやく》。ご存じ？」

私は、隠していたナイフを彼の首筋にあてて、丁寧に説明した。

彼は、腕を閉じきらぬまま、固まっている。

「……普通、このタイミングでそれをやるか……？」

ナイフに慄《おのの》いたサミュエルが、ゆっくりと手を引いて身体を私から離した。

「当たり前だろうが。どさくさに紛《まぎ》れて何しようとしてんだよ。許可なく私に触《さわ》んな」

ナイフを手で弄《もてあそ》んでサミュエルに見せつけた後、それをまた服の中に隠した。

きっと、私が彼の予想外の反応をしたからだろう。彼は顔を真っ赤にして声を荒《あら》らげる。

「許可⁉　お前に触るのに、いちいち旦那様の許可を取れとでもいうのか⁉」

「は？　なんで侯爵様の許可なんだよ。これは私の身体なんだ。私の許可に決まってんだろーがっ」

ふざけんなコラ。私は侯爵の持ち物じゃねぇ。

突然人を抱きしめようとする失礼なヤツだけど、ちょっとだけ感謝。

気が紛れて震えが止まった。

だから、

「――けど、ありがとう」

お礼は伝えておいた。

すると、彼は苦虫を数千匹《びき》噛み潰《つぶ》したような顔をする。

なんだよ失礼な。折角お礼を言ったのに。

「ま、まぁ、やっといつもの調子が戻ってきたならそれでいい。アティ様の警護も、その調子でやれよ」

彼は、なんとかその変な表情を消して、扉から出て行こうとした。

が。

「待って」

私はそれを引き留める。

サミュエルは、身体をギクリとさせて動きを止めた。

相手を知る事。

私がイリアスを怖いと思うのは、彼の事を殆ど何も知らないから。恐怖への対処で一番良いのは、

恐怖《きょうふ》とは、未知のモノや対処の仕方が分からないモノに対して抱く感情だ。

そうだよ。

「イリアス様の事、知ってる事はなんでもいい。教えて欲しい」

そしてぎこちない動きで振り返る。

「な……なんだ」

ま、知った上でどうしようもない時も恐怖を感じるけどね。でも、覚悟《かくご》は出来る。

「そう言われても――」

サミュエルは私から視線を逸《そ》らし、あらぬ方向に視線を巡《めぐ》らせ躊躇《ちゅうちょ》した。

「お願い。サミュエルは、情報収集が得意なんでしょう？　なら、彼の事は私よりも知っている筈。

アティの為だから、教えて欲しい」

そう食い下がると、少し逡巡《しゅんじゅん》したサミュエルは、扉にかけた手を離す。

「そ、そこまで言われたら仕方ないな」

少し嬉しそうに照れた笑みをこぼして、彼は部屋の中へと戻って応接用のソファに座った。

よし。彼の自尊心くすぐり作戦、大・成・功。

「で、何から教えて欲しいんだ？」

サミュエルの、そんなちょっと横柄《おうへい》な態度もここでは我慢だ。

まずは、欲しい情報を彼から引き出さなければならない。

「まずは、イリアス様の身の回りの事を」

私も、彼の対面のソファに座った。

そして、得意げに語る彼の言葉に、じっと耳を傾《かたむ》けた。

＊＊＊

将来のヤンデレイリアス少年は偏愛《へんあい》主義で、一つの事を愛すると、それを邪魔《じゃま》するもの全てを排除《はいじょ》する傾向《けいこう》が強いらしい。

サミュエルの話だと、彼自身の教育係は何人もクビになったりしているし、彼がエリックの世話役になってから、エリックの教育係も次々に辞めたりしているとの事。

――あの少年の差し金か。でも証拠《しょうこ》がないところが、末恐《すえおそ》ろしいな……。

そういえば。

乙女ゲームをやっている時、エリックの攻略ルートをやると、コイツが出しゃばってくるのがウザかったなぁ。

あの乙女ゲームは、ストーリーの最初の頃は共通ルートとして、攻略対象が全員出てくる。それぞれのキャラと交流しつつ、都度攻略対象の個別イベントを発生させて、それを成功させる事で好感度を上げていく仕様だった。

ゲーム後半になると、好感度が一番高い攻略対象専用ルートへと入る。そうすると、基本主人公と攻略対象がメインキャラとなり、他のキャラはモブ化したり、仲を邪魔する――というスパイスでルートを盛り上げる当て馬キャラになっていた。

エリック攻略ルートの場合、まさに、邪魔をしてくるキャラが、このイリアスだった。ついでに言うと悪役令嬢アティも、ここぞとばかりに彼と協力して妨害《ぼうがい》工作してくる。ホントウザかった。

——ああ、なるほど。今なら分かる。イリアスが邪魔をしてきていたのは、乙女ゲームの主人公をエリックと取り合っていたからじゃない。エリックと仲良くなった乙女ゲームの主人公を、イリアスが貶《さげす》めようとしてきてたんだ。

つまり、エリック攻略ルートの時の、イリアスの偏愛対象はエリック。

——あれ？

そうだよね？

だから、偏愛野郎イリアスが乙女ゲームの主人公を攻撃《こうげき》してきていた。

じゃあ、イリアス攻略時は？

イリアス攻略ルートでは、誰が当て馬をしていた？

誰が、イリアスと乙女ゲーム主人公の仲を、邪魔していた？

エリックは、薄っぺらだけど正義感が強く、他人のモノに手を出すタイプじゃない。だから、イリアス攻略ルートになると、エリックは潔く身を引く。

——アティだ。

悪役令嬢アティ。

悪役令嬢アティは、乙女ゲームの主人公の立場を羨《うらや》んで逆恨《さかうら》みし、色々な嫌がらせをしてくる。

エリックの攻略ルートじゃなくっても、エリックは乙女ゲームの主人公を憎《にく》からず想《おも》っており、自分の幼馴染《おさななじみ》でもあるイリアスとの仲を取り持とうとすらしてくれる。

それを、悪役令嬢アティは面白く思わないんだ。エリックが自分以外に心を砕《くだ》くのも面白くないし、自分以外が幸せになる事が我慢出来なくて。

妨害工作をしてくる悪役令嬢アティの存在を疎《うと》ましく思ったイリアスは――。

思い出した。

アティ、殺されるんだ。

しかも、自殺に見せかけられて。

証拠はない。直接手も下さない。でも、まるで綺麗《きれい》に並べられたドミノがパタパタ倒れていくかのように――不幸な事件と事故が、起こる。乙女ゲーム中も、それがイリアスの差し金である事は明示されない。ただし、匂わされる。だから私はイリアスルートが嫌だったんだ。

思い出した瞬間、背筋に衝撃《しょうげき》のような寒気が突《つ》き抜けた。

これだ。恐怖の理由。

アティを殺す可能性があるヤツ、それがイリアス。

そうだ。

しかも、アティをわざわざ恐怖のドン底に突き落としてから殺す為に、先にカラマンリス侯爵とその妻――つまり私を、不幸な事件や事故的に巻き込まれたとして、殺すんだ。

うわあ、マジやべぇヤツじゃん。

どうすればそんな知恵の輪もビックリな歪んだ人間に育つんだよ。

でも、でもだよ。

今は違う。その可能性は低い。

だって、アティは悪役令嬢にならないもん。私がそんな事させないもん。

だから、いずれ現れる乙女ゲームの主人公の邪魔もしない。

だから大丈夫な筈――

待てよ?

今は、まだ、乙女ゲームの主人公はいない。

今はまだ、乙女ゲームの流れになっていない。

そうなっていない状況《じょうきょう》において、イリアスの偏愛対象は――エリックだ。

それってつまり‼

「サミュエル……」

私はある恐ろしい可能性に気づいて声を上げる。

「なんだ?」

気づいたサミュエルがこちらをチラリと見た。

「アティを狙《ねら》ってるのは、この屋敷の人間じゃない……セルギオスと名乗った男でもない……あの時アティを狙ったのは……イリアス様だ」

そうだ。

今のイリアスの偏愛対象はエリックだ。

そして、アティはエリックの婚約者になろうとしていた。

つまり、イリアスにとっては、エリックを彼から奪《うば》う可能性があるアティが、排除の対象になったんだ。

だからアンドレウ邸で、アティを狙ってランタンを落とした。

死ねば儲《もう》けもの。生きていても火傷《やけど》で外に出れないような姿になったかもしれない。

もとの乙女ゲームでは、アティはランタンを落とされても死なずに済み、また火傷も外からは見えない背中で済んだ。それによりイリアスの思惑《おもわく》とは異なり、婚約が盤石《ばんじゃく》となってしまった。

乙女ゲームでは、その流れに家庭教師サミュエルと子守頭マギーが便乗し、結果二人とも悪役になっただけだったんだ。

そして。

私が今日感じた恐怖。

あれは。

最近エリックが執心《しゅうしん》する私に対して向けられた——殺気。

「何言ってるんだ、イリアス様はまだ子供だぞ？」

サミュエルは、呆れた顔をして首を横に振った。

しかし即行で私はその言葉を否定する。

「子供だから何？　子供にも欲求はある。強いこだわり、偏執《へんしゅう》さも持ってる。倫理観《りんりかん》が浅い分、逆に危険。それに、十一歳にもなれば充分《じゅうぶん》何でも出来るよ。ランタンを落とすなんてワケもない」

それこそ、ナイフ一本持っていれば大人だって殺せる。力はいらない。知識と手に入れる手段さえあれば、毒だって使える。

むしろ、その無垢で無邪気そうな外見をフル活用する事だって出来る。『自分が子供だから大人が油断する』と自覚さえしていれば。

普通の子供だって、教えなければ物も壊すし虫も殺す。場合によっては小動物だって平気で殺せるようになる。それを『してはならない事なのだ』と理解するのは倫理観が身に付いた後。倫理観は、周りの大人からの導きがあり、自分や周りの状況を見て本人が気づいて初めて身に付く。

倫理観がなく他者への共感度が低いままの人間は、たとえ子供でも、何処までも残酷《ざんこく》になれる。

「じゃあ、仮にアティ様を狙ったのがイリアス様だとして。彼をこの屋敷に近づけなければ問題解決じゃないか」

サミュエルはヤレヤレといった具合で、肩を一度怒《いか》らせてから落とした。

確かに、彼の言う通りだ。

でも。

「可能性が、まだ残ってる……まだ正式に婚約が結ばれたワケじゃない……」

そう。

この間のはあくまでも顔合わせだ。婚約をするにあたっての内定が出たに過ぎない。

本当の婚約はこれから。この世界での婚約は口約束ではない。ちゃんと書面が作られる。

その書面には、当事者二人の拇印《ぼいん》が押される。

「まさか、本婚約の時に？」

私と同じ事に思い至ったサミュエルが、ソファから背中を浮かせた。

私は彼の目を真っすぐに見てゆっくりと頷いた。

本婚約の時、アティはまたアンドレウ邸に行く事になる。

彼が普段活動している場所だ。庭のようなもの。そこで、事を起こさないとは思えない。

「本婚約のタイミングは知ってる？」

私はアティの婚約について、詳細を知らされていない。

「再来週《さらいしゅう》──アティ様の四歳の誕生日だ」

サミュエルは、そう言うと胸ポケットから小さなメモ帳を出して中を確認《かくにん》する。

「……再来週」

再来週。思ったより近い。

……あ！　アティの誕生日忘れてた！　盛大《せいだい》にお祝いしようと思ってたのに‼　ここの生活になってからあんまり日数を気にしなくなったから──って、違う。今はそれどころじゃない。

「アティを守る為に色々考えておかないと」

私は頭の中で、アティを危険に晒《さら》さない方法を模索《もさく》しはじめた。

しかし、そんな思考をサミュエルが中断させる。

「ちょっと待て。あくまでイリアス様がどうっていうのは仮の話だ」

そうか？　私は確定だと思うけど。

「セルギオスとかいう正体不明の男の事を忘れてないか？」

あ、忘れてた。

だって私だから。

「どうしてあの男は、アティ様が狙われていた事を知ってたんだ。しかも、その場に現れた。おかしすぎないか？」

ごもっとも。おかしいよね。分かる。確かに。

でも――。

「……彼は、違うよ。彼はアティの敵じゃない」

敵であるハズがない。私はアティの敵になんかになりえない。

アティが襲《おそ》われる事を知っていたのは、この世界をゲームとして事前にやっていたから。

……なんて言える筈もないけれど。

「……なんで言い切れるんだ。お前、ヤツを知ってるのか」

サミュエルが、ソファから立ち上がった。

疑ってる。私を。

「お前もしかして、今のイリアス様の事をでっちあげて視線を逸らさせて……」

「違うったら」

私も立ち上がったら、サミュエルは私からサッと距離を取った。

彼の鋭い視線が私に突き刺《さ》さる。

ここでサミュエルの協力がとりつけられないのは痛い。

なんとか信頼してもらわなければ。

「彼は……セルギオスは……」

私は意を決する。

「セルギオスは……」

私の言葉を、サミュエルが待っている。

「私の……」

信頼を得る為には、嘘はつくべきではない。

「兄です」

「知ってる」

即行で彼からツッコミが入った。

「いえ、そうではありません。貴方が知っている私の兄のセルギオスは、貴方がご存じのように、もう既に亡くなっています」

私は、至極《しごく》神妙な顔で述べる。

——嘘を。

「あのセルギオスは、セルギオスではありません。私のもう一人の兄なのです」

男装がバレると動きにくくなる。

だから、物凄く真面目な顔して真っ赤な嘘をついてやらぁ。

「もう一人の……兄？　お前は双子《ふたご》で、死んだ兄が長子だった筈だが？」

サミュエルは、以前私を脅《おど》す為に色々調べたであろう、その情報を口にした。

うん、間違ってない。事実。

「実は……生まれた事を秘密にされた兄がいたのです。私たちは、実は三つ子だったのです」

嘘ですが。

「跡目《あとめ》を継《つ》ぐ為の男子が、同時に二人も生まれてしまった事でいらぬ混乱を招かぬ為に、一人は生まれた事を秘密にされたのです。名前も——つけられなかった」

嘘なんですが。

「彼は今も陰《かげ》で生きています。――私の、協力者として。私が、アティに何かあってはいけないかと、護衛をお願いしたのです」

いいえ、彼は私なんですが。

「でも、これは秘密なんです。我《わ》が一族が、秘匿《ひとく》しなければならない秘密……」

ええ、男装した私がセルギオスを名乗って剣術《けんじゅつ》大会荒《あ》らしをしていたとか、めっちゃ一族の恥扱《はじあつか》いされてます。

「彼は表舞台《おもてぶたい》には絶対に出てきません。出られないのです。だから……どうか、内密に」

ダメ押しで、私は少し目を潤《うる》ませてサミュエルを見上げた。

彼は、驚いた顔をしていた。

しかし同時に、色々考えているよう。視線が泳いでいる。

「……そう、だったのか……」

あ、信じた。

いいよ。情報を集めて策略家を気取っていても、こういうちょっと単純なところ、結構好きよ。……ヒトを突然罵倒《ばとう》するところは嫌《きら》いだけどね。

「なるほど、そうか。旦那様が出た剣術大会にいた、あのセルギオスという男は……死んだ筈の人間ではなく、彼だったのか……」

あ、なんか、違う情報も交ざって、より確信っぽくなったみたい。良かった。

「あの！」

私は一応、更にダメ押しのダメ押しをする。

「この事は、侯爵様にも秘密にしておいてください！」

侯爵にセルギオスが生きてるとかいう情報が洩《も》れたら、それはそれは面倒くさい。会わせてくれと詰め寄られるのが目に見える。

「お願い……します」

私の渾身《こんしん》で迫真《はくしん》の演技でサミュエルに迫《せま》る。

彼は、色々逡巡していたが、

「分かった」

納得したようだ。

良かった‼

よし。更に情報を与《あた》えておこう。より、嘘を強固にする為に。

「エリック様は、その時助けてくれたセルギオスを、私だと勘違いしてこの屋敷に通ってきているようなのです。まあ、三つ子ですから。顔は似ていますしね」

っていうか、本人だけどね。

「いたいけな子供の夢を壊したくなく、私はエリック様に、私がセルギオスだと伝えております。どうか、エリック様の夢を壊さないであげてください」

まあ、この部分は事実も含まれてるね。エリックが私をセルギオスだと思ってるのは本当だし。

それを伝えると、サミュエルは少しはにかんだ笑みを零《こぼ》した。

「……意外といいヤツだったんだな」

コラ。『意外』は余計やろ。

まぁいいや。

取り敢《あ》えずセルギオスへの濡《ぬ》れ衣《ぎぬ》は解消出来たし、サミュエルの信頼も維持《いじ》出来た。

この場は丸く収まった。

あとは、アティをどうイリアスの魔《ま》の手から守るか、だ。

色々、作戦を練らねばならない。

しかし――。

私は、ふと部屋の隅《すみ》にある時計へと視線を向ける。

もう、結構遅《おそ》い時間になっていた。

「もうかなりいい時間です。アティの件については、また別途《べっと》ご相談させてください」

これ以上遅い時間まで自分の部屋にサミュエルを引き留める事は、あんまり良い事じゃない。誰かに見られて、屋敷中に変な噂《うわさ》がたっても面倒くさい。

「ああ、そうか。もうそんな時間か」

サミュエルもその事に気づき、すぐに部屋の扉の方へと歩いて行った。

彼を見送るついでに、その背中へと声をかける。

「どうか、アティの為に。よろしくお願い致《いた》します」

そう、深々と頭を下げた。

「分かっている」

そう捨て台詞的なものを零して、彼は部屋を出て行った。

サミュエルは、変な欲を出さなければ、侯爵やアティを大切にする、意外といいヤツなのかもしれないな。

＊＊＊

偏執少年イリアスが本当の敵かどうか、実のところ確証はない。

でも、アティが屋敷にいる時は何も起こらず、アンドレウ邸で事件が起きたのだから、現時点で一番濃厚《のうこう》な犯人はイリアスだ。

対策を立てねばならない。

イリアスが犯人だった時と、万が一違った時の事も考えて。

イリアスは知能犯だ。おそらくナイフ等を使って自分が直接手を下す事はまずない。

そんな事をしたら、自分の立場が危《あや》うくなってエリックの傍にいられなくなるからだ。

彼の現在の一番の目的は『エリックの一番近くに自分がいる事』。

だから、やるとしたら間接的。自分がやったという証拠が残らない形で、だ。

この間のように誰にも見られないようにしてランタンを落とすとか、罠《わな》を張るとかだ。

しかし、彼の頭が良すぎて、私の考えでは向こうの上をいけるとは到底《とうてい》思えなかった。

こっちのアドバンテージがあるとしたら。

私やサミュエルが気づいたという事に、イリアスが気づいていない事か。

でも問題はまだある。

恐らく――イリアスは、私がアティを救ったセルギオスだと、感づいてる。エリックから聞いて。

って事は、私の行動はかなり警戒されるだろう。

それだけじゃない。

もし本婚約の時にアティを守れたとしても、それからずっとイリアスから守り続けられるのか？

それは物理的に難しすぎる。

出来れば、イリアスにアティを攻撃する事を諦《あきら》めて欲しいが……。

そんな事は可能なのだろうか？

始末するか？

いや、それは不穏《ふおん》すぎる。

それは……最悪の場合だな。

うーん。どうしたもんか。

あらゆるパターンが想定出来すぎて、全てをカバー出来る方法なんてない。

その場合はどうしたら……。

あ、そうか。

その場合は――。

＊＊＊

「だんちょう！　げんきか⁉」

開口一番がソレかい。ま、可愛いからいいけどね。

屋敷の玄関から入ってきたエリックの口から飛び出してきた言葉を、思わず微笑ましく思ってしまう。

うん、いいよ。おバカでも。賢《かしこ》さを気取った薄っぺらよりは数段マシだね。おバカでもいい。しっかりと地に足ついたおバカなら。

因《ちな》みに、アティはといえば。

あの日、夕飯を辞退して夜も一緒に寝なかった為か、次の日の朝、私がアティの部屋を訪ねたと同時に足に抱きついてきた。

どうやら相当心配をかけてしまったようだ。

ホントにごめんね、アティ。

でも、ちゃんと他人を心配出来る良い子だねぇ。優《やさ》しい天使様だねぇ。可愛くて優しいとかそんなんアリかよ。アティの場合はアリだけど!!

アレから数日間は、エリックはカラマンリス邸に来ないように我慢していたのだろう。

玄関から入ってきたエリックは、もう辛抱堪《しんぼうたま》らんといった風に、武者振《むしゃぶ》るいしていた。

勿論後ろには、世話役のイリアスを従えて。

彼は、相変わらずの無垢そうな笑顔でニコニコ私を見ていた。

知ってるぞ。その笑顔の裏に憎悪《ぞうお》を潜《ひそ》ませているのを。

しかもさ。

もう気づいてるから分かるけど、殺気、ダダ漏《も》れやぞ。まだまだだな。

「さぁ、こちらへ。今日はある提案があるのです」

私は、素知らぬ顔してエリックとイリアスを談話室へと導いた。

＊＊＊

「再来週、アティの誕生日があるのは知ってますか？」

談話室にて、振る舞われたお茶と茶菓子《ちゃがし》をパクついているエリックに尋ねてみた。

エリックは勿論首を傾げる。

「〇△△××――」

「口の中に物がなくなってから喋りましょうね」

そう遮ると、エリックは口を押さえて一所懸命《いっしょけんめい》にモグモグした。何なの可愛い。その行動、ツボやぞ。ゴクンとお菓子を呑み込んだエリックは、口をあーんと開けて私に見せ、私が頷いてから喋り始めた。

「しらないけど、あてぃはこんどうちにくるぞ！」

「エリック様の家に？　あら、そんな予定があるのですね」

私は、あくまで『知らないテイ』で通す。

「イリアス様は、その予定の事はご存じですか？」

私は、今度は偏執少年イリアスに話を振ってみる。

しかし、彼は『んー？』と少し考えた素振《そぶ》りをした後、

「すみません。存じ上げません」

とすまなそうにそう零した。

え……演技派ー。知ってるクセに。まあ、無知な少年を演じていた方が、彼にとっては色々都合がいいのだろう。いや、歪《ゆが》んだ見方かもしれないけれど。彼は頭の回転の速さが相当の筈。

「そうですか。アティの誕生日と関係があるのですかね？　うーん」

私もイリアスに負けじと無知な女を演じる。

そして、何かを思いついた風で、パチンと手を合わせた。

「そうだ！　アティがエリック様の家を訪ねたタイミングで、お誕生日会をしませんか⁉」

そう提案した瞬間――。

私は見逃《みのが》さなかった。イリアスが、ふっ、と口の端《はし》を歪ませて笑った事を。

まぁ反応を見る為に、エリックを見ているフリをしてイリアスを凝視していたからな。

「たんじょうびかい！」

エリックの顔がパァッと輝いた。

お前が喜んでどうする。お前の誕生日会ちゃうぞ。可愛いから勿論許すが。

「あ、これはアティには内緒《ないしょ》にしていてくださいね。サプライズパーティにしたいので」

私が口の前に人差し指を持ってきてシーッとやると、エリックも同じように指をたててシーッとした。ナニコレ可愛い。私を萌《も》え殺す気か。もう四歳のクセに。

あ、そんな微笑ましいやり取りしてたら。

イリアスの視線が厳しくなった。こちらを視線で焼き殺してきそうな勢いだな。殺意ぐらい隠せや。そういう瞬間的に感じる感情を押し殺す事は、まだ出来ないのか。

「ケーキと……何かプレゼントを用意して、アティを驚かしてあげるのです。きっと喜びますよ！」

それは、純粋《じゅんすい》にそう思った。きっとアティは喜んでくれる。その喜び方なんかさ、絶対絶対絶対絶対可愛いぜ？　もう、想像しただけで脳内麻薬《まやく》で脳味噌《のうみそ》溶《と》けそうになる。

「けーき！」

エリックが更に舞い上がった。だからお前のケーキちゃうってば。まぁ、でも、こんなに喜ぶんならエリックの為にも頑張《がんば》っちゃうよ‼

……と、いっても。私が作るワケじゃないんだけどね。屋敷の料理人《コック》にお願いするよ。

え？　作れないのかって？　作れるよ。作れるけどね？　作れるけどね？　過去、作った事あるんだけどね？　何故かスポンジが岩かよ、ってぐらいに硬《かた》くなってね？

妹がさ。前歯、折ったんだよね☆

モウ二度ト作ラナイ……。

「じゃあケーキは私が準備しますね！　エリック様とイリアス様は……そうですね。サプライズ用の部屋の飾り付け等をお願い出来ますか？」

「うん‼」

私の言葉に、エリックが飛び上がらんばかりにテンション爆上《ばくあ》げ。それを、イリアスもニコニコとした笑顔で見ていた。

「あ、プレゼントはそれぞれで用意しましょうか。そうですね。アティに相応しいと思うものは如何《いか》何《が》ですか？」

「アティ様に相応しい……？」

そこで、イリアスがふと首を傾げる。暫く目を宙に泳がせてから――ニヤリと笑った。

オイお前、今どんだけゲスい事思いついたんだよ。やっぱ怖いなこの少年。ホントに十一歳かよ。

「あ、でも……」

そこで私は初めて言葉を濁《にご》らせる。

「もしかしたら、私はその場に行けないかもしれません。アティがエリック様のお家《うち》に行く事を、私は聞かされていませんでしたから」

ぶっちゃけ、これは事実。

だって、アティの本婚約の話は私に直接されていない。つまり『来る必要はない』という事だ。

むしろ、侯爵の事だから『来るな』と思ってるかも。チキショウ。

アイツ、本当に私をただの『セルギオスの血縁《けつえん》をヒリ出す腹』としか思ってねぇな。しかも、ナチュラルに悪意なくそう思ってるのが更にムカつく。

「だんちょう、これないの？」

先程のハイテンションとは打って変わって、あからさまにしゅーんと沈《しず》んだエリック。ああ、今、エリックの頭とお尻《しり》に犬の耳と尻尾《しっぽ》の幻影が見えるゥ。耳が寝ちゃって尻尾が下がったぞー！　なんなのこの小動物感！　私が犬好きだと知っての狼藉《ろうぜき》かけしからん！

アティはねぇ、仔猫《こねこ》って感じなんだぁ。勿論猫も好き。あのキュルンとした菫色《ヴァイオレット》の瞳《ひとみ》で小首傾げながら見上げられたらさ、もうあざと可愛い！　その場ですぐ抱き上げて撫でぐり回しちゃう‼

勿論本人にあざとさなんてないからタダの可愛いなんだけどさっ‼

……思考が脱線《だっせん》した。

「そうですね。侯爵様に相談してみますが、行けないかもしれません」

私はすまなそうな顔をして、エリックの頭を優しく撫でた。

これぱっかりはどうしようもない。侯爵がダメだと言ったらダメだからね。

「でもその代わり、アティが喜びそうなモノを沢山準備しておきますからね！」

コレも本音。アレもコレもドレもソレも準備しちゃうからね‼

盛大な誕生日パーティにしてやんよ‼

「エリック様も、イリアス様も、ご協力いただけますか？」

丁寧な物腰でそう二人に尋ねると、エリックは飛び跳《は》ねて了承《りょうしょう》した。

――イリアスは、ただニコニコしていただけだった。

＊＊＊

「アンドレウ邸の男性使用人用のジャケット？　そんなものを手に入れてどうするんだ？」

私からお願いされた事について、サミュエルが怪訝《けげん》な顔をした。

本婚約締結《ていけつ》日の算段についてを、私の部屋でサミュエルと相談していた時の事。なんで私の部屋で相談――という名の密談をしていたかっていうと。どうしても口の端に上ってしまうセルギオスの存在を隠したかった事と、一応まだ、何処に敵がいるか分からないから。万が一を考えて。

ま、実際のところ、敵は偏執少年――イリアスで確定だろうとは思うけれど、一応、念には念を入れる為にね。あと単純に、サプライズパーティの事も相談したかったたし、ソレがアティの耳にウッカリ入らないようにする為でもあった。

アティには、ビックリしつつ、喜んで欲しくって。

あーホント。なんで私は行けないんだろうなぁ。

アレからやっぱり、私に直接、アティの本婚約の話がされる事はなく。あの侯爵、マジで私の事を『セルギオスの血筋を生み出す腹』として『屋敷に置いてる』だけなんだなぁ。ムカつく。

「念の為、セルギオスに——裏で守ってくれる私のもう一人の兄に、渡しておきます。当日、彼はそれを着てアンドレウ邸に潜入する予定です」

ま、実際ソレを着るのは私で、潜入予定なのも私だけどな。

アティの本婚約の話は、私はされてないよ？　されてないから『アティの継母』は行かないよ？　でも『アティを絶対守るマン』であるセルギオスは違うから。行かないという選択肢《せんたくし》はない。

「そうだな……手に入れるのは、可能だとは思うが。……でも、ジャケットを着ただけでは、バレるんじゃないか？」

私の言葉を聞いたサミュエルが、顎《あご》をさすりながら視線を横に逸《そ》らして考え込む。私はそれを笑ってかわした。

「アンドレウ邸には執事《しつじ》が沢山いますから。流石、公爵家。雇《やと》っている執事の数がカラマンリス邸とは桁《けた》が違いますよ。一人ぐらい増えても気づかれません」

これは、前回アンドレウ邸に忍び込んだ時に気が付いたんだよね。カラマンリス邸にいる執事の数より、アンドレウ邸にいる執事の数が断然多いって。

執事たちは、家を切り盛りする為のメイドたちとは根本的に扱いが違う。また、例外的に男性も多い料理人や庭師の男性たちとも違う。執事の人数の多さは財力の証。

カラマンリス邸の執事は必要最低限だと思われる。侯爵の仕事の補佐《ほさ》を行ったり、財政管理を行ったりする執事が多く、フットマンを始めとする他の使用人は多くなかった。家庭教師である筈のサミュエルが、時々従僕《じゅうぼく》として駆り出されているのを見るぐらい。

財政的な問題じゃないと思う。多分、侯爵は最低限の使用人しかこの屋敷に置いていないんだろうなぁ。なんでかは知らんけど。

「なんでそんな事知ってるんだ」

サミュエルから突っ込まれて、ヤバ、と思う。そうだった。前回アンドレウ邸に忍び込んだのは、私じゃなくって秘密の兄のセルギオス！

「セルギオスが、そう言っていたんです。そこに付け入る隙があるって」

「……そうだったのか。お前の兄は、状況をよく見てるんだな」

そう言って、サミュエルはウンウンと頷いていた。

あっぶな。ウッカリすっかりツルっとバレそうになるな。気を付けようっと。

「あ、そういえば」

私は話の方向を変える為に別の話題を振る事にした。

「サミュエル、メイドや子守たちを、『お前』じゃなくって名前で呼ぶようにし始めたんですって？」

私の言葉を聞いた途端、顔をカッと赤くするサミュエル。

「なっ……それを！　何処でっ……」

「ランドリーメイドや子守たちが話しているのを小耳に挟《はさ》んだんです」

それは楽しそうに家人たちがキャッキャと話していたから、ついつい話に加わっちゃってさ。最初は屋敷の奥様だからって気後《きおく》れしていた家人たちも、私がウンウン笑顔で話を聞いていると、色々教えてくれるようになったんだよね。

今までサミュエルは、自分たちメイドを名前で呼ぶ事って殆どなくって、いっつも『そこのお前』って呼び止められてたんだって。

なのに、最近「お前……の、名前は、なんだ」って確認されて、名前を伝えてからはちゃんと名前で呼んでくれるようになったって。

どんな心境の変化があったんだろうって、驚いていたからさ。

苦々しく奥歯を噛み締めたような顔をしたサミュエルは、顔を赤くしたまま、プイッとあらぬ方向へと顔を向ける。なんだよソレ。とんだツンデレの所作。

「お……セレーネ様が、『お前と呼ぶな』というから……確かに、屋敷の奥様であるし、『お前』は流石《さすが》に失礼だと思って直そうと思ったが……」

そう語るサミュエルの声が、段々小さくなっていく。

「女を一人だけ、名前を呼ぶとかって……なんか、特別な感じがして、心地《ここち》悪いから……その、他のメイドたちも名前で呼ぼうと……」

最後の方なんて、聞き取るのもやっとなぐらいの小さな声だった。

あらやだサミュエルったら。私を特別扱いしたくないからって、他の女性も名前で呼ぶ事に？　ツンデレなんだか違うんだかハッキリしてくれよムズ痒《がゆ》いなぁ。

「いえ。メイドたちが喜んでいたので。ちゃんと名前で呼んでもらえるって、個人を識別しているっていう事ですから。是非そのまま続けてください」

「それが何かッ⁉」

わ。恥《は》ずかし逆切れ？　完全にツンデレじゃん。いるんだ、こんなテンプレ反応示す人間って。

私がそうニコニコして伝えると、こちらに視線を戻したサミュエルが、少しだけ目を瞠《みは》った。

「……？　どういう事だ？」

彼は、本気で分かっていない様子で尋ねてくる。

「サミュエル、貴方今まで、メイドを一括《ひとくく》りとして認識していたでしょう？　だから名前を覚える気もなくって、それで『お前』と呼んでた。違いますか？」

そう聞くと、サミュエルは一度パチパチと目を瞬《しばた》いた。

「私だけを名前で呼びたくないから、他のメイドも名前で呼ぶ為に名前を確認した。理由はどうであれ、名前で呼ぶって事は、その人をちゃんとその人だと分かってて声をかけるって事です。個人として認識しているって事ですよ。メイドたちだって人間です。十把一絡《じっぱひとから》げにされて嬉しい筈はありません」

メイドなんかは特にそうだと思う。みんな同じ制服を着て、年齢《ねんれい》はまぁ色々いるけれど、パッと見一緒に見える。ハウスメイド、ランドリーメイド、その役割は様々だけれども、おそらくサミュエルも侯爵も、メイドたちを『メイド』という『役割』でしか認識していなかった。

実際のところ、私も人の名前を覚えるのって苦手だから、『メイドさん』って呼ばないように気を付けてるし。役割で呼ばれ続けて、嬉しい人間なんてあんまりいない。

私の解説を聞いて、サミュエルがポカンとした顔で空中を見つめていた。ん？　どした？

「それでか……最近、メイドたちの態度が……軟化《なんか》してきたように感じてたのは……」

おー。既にそんな効果が！　カラマンリス邸の人間関係の円滑化《えんかつ》が進むぞ！　これもアティの生活環境《かんきょう》を良くする為の一環《いっかん》だね！

やるやん、私。ま、私がやったワケじゃないけど、影響を与えたって意味で。誉《ほ》めとこう。

「相手への態度は、自分へ返ってきますからね。私への罵詈雑言《ばりぞうごん》がそうだったでしょう？」

私が笑ってそう言うと、サミュエルはまた苦々しく顔を歪ませた。

思い出したか？　お前が出合い頭罵倒したから、私も遠慮《えんりょ》なく倍返しして差し上げたんだよ。

「相手を雑に扱えば相手からも雑に扱われます。逆に、相手を丁寧に扱えば大概《たいがい》向こうからも丁寧に扱われたりします。ま、相手の人間性にもよりますが……基本、相手は自分を映す鏡なんですよ」

例外的に、人から受けた嫌な事を、その人に返せない鬱憤《うつぷん》として自分より弱い相手に当たり散らして晴らしたり、人から丁寧に扱われる事を当たり前として享受《きょうじゅ》して終わる人間もいるけど。そういう人の場合、大概嫌われるか距離を取られて終わる。

悪意や善意は、相手に伝わった時はそのまま返されるモンだ。

私がアティに素直に接しているから、アティも次第《しだい》に素直に接してくれるようになったし。

「そんな……ものなのか……」

サミュエルは、自分の顎を再度さすりながら、ふとそうポツリと呟いた。

その時——。

コンコンコン。

「失礼します。奥様」

扉がノックされ、向こうから凛《りん》とした声が聞こえてきた。あ、この声は子守頭のマギー。

「どうぞ」

そう返事をすると、扉がゆっくりと開いてマギーが姿を現す。手には革のフォルダを抱《かか》えていた。

「アティ様のお好きなケーキや料理について、料理部からヒアリングしておきました。まとめてありますので、アンドレウ邸に連絡《れんらく》可能ですよ」

部屋へと入ってきたマギーは、チラリとサミュエルを一瞥《いちべつ》したが、まるで彼が見えないかのように普通に話を進める。

「分かりました。ありがとうございます」

私は、マギーから差し出された革のフォルダを受け取る。

その様子を見ていたサミュエルは、小さく嘆息《たんそく》してワザとらしくヤレヤレと肩を竦《すく》めた。

「……マギーは相変わらずだがな」

そう、苦笑《くしょう》交じりにポツリと溢《こぼ》す。その言葉に、私は思わず笑ってしまった。

「そうですね。まぁ彼女の場合、おそらく相手によって態度を変えないのだと思います」

そうそう。マギーはいつでもマギーだよ。子守同士で話している時もいつもと変わらないし、丁寧な口調は絶対に崩さない。むしろ、使用人の鑑《かがみ》だね。ま、彼女がキャッキャウフフと誰かと楽しそうに話している姿なんて……想像も出来ないけど。

「……？　何の話ですか？」

私とサミュエルの態度に、眉根《まゆね》を寄せて露骨《ろこつ》に嫌な顔をするマギー。うわ。私に対して敬意を払《はら》わないって言ってたけど、本当に払わないいんだなぁ。いいよ。そういうの好き。

「サミュエルが家人たちの名前を呼ぶようになったら、彼女たちの態度が軟化してきた気がするって言ってたんですよ」

私はマギーの態度に苦笑いしながらも、先程まで話していた内容を説明する。

それを聞いたマギーは、ふむ、と一つ小さく息をついた。

「そのようですね。エフィ――子守の一人も言っていました。今まで、何かと偉そうに上から目線で話していたのに、最近少しその態度が変わってきたようだって」

「はッ⁉」

マギーから返された言葉に、サミュエルは少し腰を浮かす。

「上から目線⁉　俺《おれ》はそんな――」

「偉そうな態度だったのは間違いないですよ」

「ッ……」

反論しようとしたサミュエルの言葉を、被《かぶ》せるように即行でブッタ斬《ぎ》るマギー。自覚があったからか図星を突かれたのか、サミュエルが言葉を詰まらせた。

「面白いですね。相手を名前で呼んで個人を識別するようになったから、自然と丁寧な態度が出るようになったんですね」

私は笑いながらそう付け足した。

サミュエルは――出合い頭罵倒で思ったけど、あまりガラは良くなさそう。でも、根がさほど悪い人間じゃないんだろうな。侯爵やアティの為にって、本当にそう思って行動しているようだし。

だから、ちゃんとした態度を取ろうとすると、それに付随《ふずい》して彼の元々の人の良さが出るんじゃないのかな。

……いきなりヒトを罵倒するような人間じゃなければなぁ。普通に信頼出来んのに。

「そ……れ、は……」

サミュエルは、顔を赤くしたり青くしたり、忙しそうに顔色を変える。何かを言おうとして口を開くが、アワアワさせた挙句、何も言わずに唇《くちびる》を噛み締めていた。

「さ……さっき言われた事はやっておく！　じゃあな‼」

そう怒鳴《どな》ったサミュエルは、ガバリと椅子《いす》から立ち上がると、ワザとらしいドタドタという足音を立てて部屋から出て行ってしまった。

「……面白い程に、手の上で転がしていらっしゃるんですね」

サミュエルの背中を見送ったマギーが、少しだけ呆れたような顔でそう溢す。

「転がしてないよ。彼は元々ああなんだよ、きっと」

片眼鏡《モノクル》をかけて鼻持ちならない雰囲気《ふんいき》を出していたけれど……多分アレは、彼が人に舐《な》められないようにしてただけなんだろうなぁ。

「……あまり、仲良さげにしない方がいいですよ」

途端に、声を落として真剣味《しんけんみ》を帯びさせるマギー。彼女の言葉の意味が分からず、私は傍に立つマギーの顔を見上げた。

「どういう意味？」

「そのままの意味です。貴女《あなた》はどうやら、素で誰に対しても気安い態度をとるようですが――」

言ってから、マギーはチラリと横へと視線を向ける。彼女の視線を思わず追ってそっちを見たが、壁《かべ》があるだけだった。

「それを悪い意味でとる人間もいるって事です」

眉根を寄せて、少し侮蔑《ぶべつ》を含んだ表情をするマギー。

「え、まさかそれって――」

「それでは、そちらの資料、よろしくお願い致しますね」

私に皆《みな》まで言わせず、マギーはクルリと背中を向けて、さっさと部屋を出て行ってしまった。

彼女の言葉に、一抹《いちまつ》の不安を感じつつも……私は取り敢えず、目の前の『アティの危険を回避《かいひ》する為』の算段を、改めて考えるのだった。

＊＊＊

「あてぃはどんなほうせきがすきなんだっ⁉」

ソファに埋《う》もれるように座って絵本を開いていたエリックが、鼻の孔《あな》をフンスと大きく広げながら、突然アティに対してそう問いかけた。

向かいのソファに座っていたアティは、ビックリしたのか目をパチクリとさせている。

「ほうせき……？」

なんでエリックが突然そんな事を聞いてきたのか分からないんだろうな。アティは困ったように眉毛《まゆげ》を下げただけだった。

エリックがいつも通り修行しにカラマンリス邸へと来た。

勿論、その傍には偏執少年――イリアスもいた。今はエリックの隣《となり》に並んでソファに座っている。

今回は部屋で勉強をしましょう、とエリックに伝え、応接間へと通した。今は皆で応接間で思い思いの場所に座り、絵本を読んでいた。

当初『勉強』と聞いて、思いっきり嫌そォーな顔をしたエリックだったが、『文武両道という言葉があります。運動も出来て勉強も出来る。それが騎士というものなのです』と伝えたら、目を爛々《らんらん》と輝かせて俄然《がぜん》やる気を見せてきた。単純さんめ。

ま、勉強といってもさ。絵本を音読するだけなんだけどね。でも実は『音読』は幼児にとってはそもそも難しい。文字を読みつつ声を出すって、二つの作業を同時にやるからね。コレをやる事によって、この子たちの識字能力を把握《はあく》する意図もあった。

アティは結構読めるんだけど、エリックがまだ全然みたい。

ま、年齢的にまだ読めなくっても構わないんだけど、少しでも読めるようになると、本を読むのが楽しくなってきたりするしね。何事も経験よ。

因みに、サミュエルはここにいない。アンドレウ邸への色々な手配をお願いしていて、それを今日は捌《さば》いてもらっていたから。その代わりに、私がアティの面倒もまとめて見ているのだで。

さっきエリックが音読していた絵本の中に、『宝石』という言葉が出てきた。

それを読んだ後、突然何を思ったのか、エリックがアティに尋ねたのだ。

「あてぃは、どんなほうせきがすきだ!?」

アティが答えないので、聞こえていないとでも思ったのか、エリックは再度そう問いかける。アティはフッサフサな睫毛《まつげ》をバサバサ揺《ゆ》らして瞬《まばた》きし、困ったように私を見上げてきた。

「ええと……宝石っていうのは、綺麗な石の事です」

ま、間違っていないよな。本来は『高価な石』の事だけど、アティはまだ物の価値を知らないからなぁ。っていうか、そもそもお金の事も知らないし。

あー、そういえば。小さい頃私も、綺麗な石を拾っては大事にしてたなぁ。……あの石、いつの間にかなくなってしまったけど、何処いったんだ？

——思考が逸れた。違う違う。

「きれいな……いし……？」

私の答えを聞いて、更に困惑したような顔になるアティ。ああそうだよね。アティ、自分が身に着ける宝飾品《ほうしょくひん》——例えば髪飾りとか、自分で選んだりしないしね。今はまだ、用意されたものをただ身に着けるしかしていない。

「そうですね……以前着けた髪飾りには、美しい青い石がついていましたね」

私は、以前アティがアンドレウ邸に行った時に着けていた髪飾りを思い出す。アティが着ける宝飾品っていったら、今はまだ髪飾りぐらいしかないんだよね。

「あてぃはどんなのがすきだ!?」

エリックは三度《みたび》アティに問いかける。あまりにしつこい為か、アティは眉毛を下げて、

「……わかんない」

そうポツリと溢した。

そうだよねー。突然聞かれたって分からないよねー。ってかエリック。なんで突然そんな事を聞いてきたんだ？

アティの返答を聞いたエリックが、眉根を寄せて訝《いぶか》し気な顔をし、

「そんなことない！　あてぃにはすきなほうせきがあるぞ！」

そう言い募ってきた。

いやいや待ちたまえエリックよ。なんでお前が決めんねん。分からないってアティ言ったろうが。

「エリック様。アティはまだあまり宝石には興味がないんですよ」

代わりに私がそう代弁する。しかし、私の返答も不満だったのか、エリックは口を尖《と》がらせる。なんだそのけしからん唇は。摘《つ》まむぞ。

「きょうみ？」

エリックが、私の言葉の意味が分からなかったようで小首を傾げた。なので私は再度解説する。

「気になるって事です」

「？」

「つまり、アティは宝石を好きでも嫌いでもないってことです」

「そんなわけない！」

私の言葉を聞いたエリックが、顔を少し赤くして声を大きくした。

「ははうえはほうせきがすきだ！　おんななら、ほうせき、すきだ‼」

絵本をイリアスに渡したエリックが、ビシッとアティを指さす。

私はそんなエリックの手を、やんわりと自分の手で覆って下へと下げさせた。

「エリック様。女性ならみんな宝石が好きというワケではないですよ。人によります。あと、人を指さすのは失礼です。やめましょう」

まぁ、そのうち好きになるかもしれないけれど、ならないかもしれない。そんなの人の好みによるわ。私はそれほど興味がない。あ、黒曜石は好きだけど。

「そ……そうなのか……？」

私の言葉を聞いたエリックは、信じられない物を見たかのように目をカッ開《びら》き、アティをマジマジと見ていた。

「じゃあなにがいいんだ⁉　ぷれ——もがっ‼」

エリックがそこまで叫んだ口を、横にいた偏執少年——イリアスがサッと塞ぐ。私も、エリックが言おうとしていた言葉に気が付いて、サッとアティの死角に入ってから、エリックに向かって人差し指を口へと押し付けた。

それを見たエリックが『そうだった！』という顔をする。

……こりゃ、エリックがイリアスにドラゴン騎士団やセルギオスの事を秘密にしておけるワケはねぇなぁ。ま、だろうと思ったよ。

まぁいい。イリアスがセルギオスを警戒してくれた方が、むしろやりやすいから。

私はそんな事を思っている事をおくびにも出さず、あ、と何かに気づいたような顔をした。

「でも、丁度良いですね。アティが何を好きなのか、聞いてみましょうか」

これは、プレゼント云々《うんぬん》は抜きにして、アティに聞いてみたかった。本は好きそう。絵本を読むのも、読んでもらうのも好きだし。花も。でも、それ以外の好きそうな物がまだ見えてこないんだよね。よくぬいぐるみも抱いていたっけな。あれ？　でも最近抱いて歩いてるの、見てないなぁ。

イリアスから手を離してもらったエリックが、イリアスから何かを耳打ちされる。コクコクと小さく頷いたエリックは、ガバリとアティの方へと首を向けた。

「あてぃはなにがすきだ⁉」

またダイレクトな聞き方だなぁ。これが幼児じゃなかったら『プレゼントを選ぼうとしてる』ってバレバレやぞ。それもまた可愛いが。

「あてぃの……すきな、もの？」

問われたアティは、絵本を膝の上に置いて小首を傾げる。

「そうだ！　あてぃはなにがすきだ⁉」

強めのエリックのダメ押し。アティは、唇を尖がらせて何かを考えてから、

「うぃんたー……だふね」

そう、小さく呟いた。

「うぃ……なに？」

アティの返答が何なのか分からなかったのか、今度はエリックが眉毛を下げて困った顔をした。

「沈丁花《ウインターダフネ》――花の事だね。今丁度見頃《みごろ》だよ。香りが強くってエリックの屋敷にも咲《さ》いてるよ」

イリアスがすかさずそうサポートを入れた。その目は――アティにランタンを落としたとは思えない程優しげ。一瞬、やっぱりイリアスが犯人じゃないんじゃないかって思えてくるが。

「見たいなら屋敷に戻ろうか？　エリック」

自分が読んでいた本をパタンと閉じて、イリアスはすかさずエリックの背に手を置いて彼を立たせようとした。

ああー……やっぱり、イリアスはこの屋敷には来たくないんだ。この屋敷に来た時は、笑顔のままだけど油断なく周囲に目を配ってるようだし。今だって、エリックしか見てない。

流石に、同じ場所にいる私やアティを無視はしないけれど、本当に全く興味がないようで、エリックの事についてしか口を開かないしね。

でも。

それじゃ困る。エリックはアティの婚約者になるんだし。エリックとアティがちゃんとコミュニケーションを取れるようにならないと。

エリックの方は結構アティにグイグイ話しかけたりするけれど、アティの方が今まで自分から行動したり発言したりした事がないせいで、いっつも受動的。

これじゃダメだ。将来伴侶《はんりよ》としてパートナーになるのであれば、お互《たが》いに発言し、お互いの意見を聞けるようになってないと。

「イリアス様！　沈丁花《ウインターダフネ》であれば、この屋敷の庭にも咲いておりますよ！」

私は何も考えていないような顔をして、パンっと両手を合わせる。

「もしよければご案内しますよ！　アティ、沈丁花《ウインターダフネ》が咲いていたお庭の場所、覚えてる？」

エリックにそう尋ねつつ、既に見に行く事が決定したかのように、私はすかさずアティへと話を振る。言われたアティは、キョトンとした顔をして私を仰《あお》ぎ見つつも、小さくコクンと頷いた。

「そうしたらアティ、エリック様をお庭にご案内しては？　沈丁花《ウインターダフネ》の色をエリック様にもお教えしたらどうでしょう？」

私がそうアティに手を伸《の》ばすと、アティは絵本を閉じて横に置き、私の方へと手を伸ばす。私はアティの脇《わき》の下に両手を入れて少し抱き上げ、アティをソファの下へと下ろしてあげた。

床《ゆか》に降り立ったアティは、スカートの裾《すそ》をギュッと掴《つか》むと、唇を少し噛み締めつつ、ソファに座ったエリックを見上げる。

「……いく？」

物凄く小さい声だったけれど、アティはそう、しっかりとエリックへと問いかけた。

問いかけられたエリックは、まるで珍しい生き物を今発見したかのように、目をガン開きさせる。その横で、イリアスが一瞬、恐ろしく冷たい眼差しをアティへと向けた。

イリアスの目は『だろうな』とは思ったけど。エリックのその反応は何？　なんで驚いてんの？

「あてぃ……しゃべった……」

エリックが、ポカンとしながらそう呟いた。

いや、エリック。さっきからアティ喋ってたじゃん。てか、喋るって分かってたから、好きな宝石を尋ねたんじゃないの？　ど、どういう事？

——あ、そういう事か。

アティが質問の返答じゃなくって、自発的に喋った事に驚いたのか！

驚かれたアティは、眉毛を下げてエリックを見上げている。

「……えりっく、いく？」

アティは再度、エリックへと問いかけた。

「うぃんたー、だふね、いろ、おもしろい」

そう言いつつ、アティがふんわりと小さく笑った。……ッ！　見てるこっちが身悶《みもだ》えしそうなぐらいの天使の微笑みッ‼

口を半開きにさせたまま固まっていたエリックだったが、

「い、いく‼」

弾《はじ》かれたようにそう大きく返答した。声デカい！　アティのか細い声とのギャップで耳キーンってなるわ！

「あ……」

咄嗟にエリックの動きを制しようと手を伸ばしたイリアスだったが、エリックはすかさず動いてソファから飛び降りる。そしてすぐに、向かいに立ったアティの手をむんずと掴んだ。

いきなり手を握り締められてビクッとするアティ。

「エリック様！　アティの手を握る時は優しく！」

私が慌《あわ》ててそうフォローすると、エリックは『ああ、そうか』という顔をして一度パッとアティから手を離す。そして、改めてアティの目の前に自分の手をグイっと突き出した。

困惑するアティは、エリックと私を交互に見る。私がニコニコとその様子を見て何も言わないのを確認したアティは、おずおずとエリックの手を握った。

「いこう！　あてぃ‼」

そう叫んで、エリックはアティを連れてズンズンと応接間の扉の方へと歩いていく。そこに控えていた使用人が部屋の扉を開けると、廊下《ろうか》に出たエリックは左へと行こうとした。

が、方向が違うせいか、アティは立ち止まる。アティが動かない事に一瞬不思議そうな顔をしたエリックだったが、

「こっちか！」

そう言ってクルリと踵《きびす》を返し、廊下を右側へとズンズン歩いて行こうとした。

「エリック様」

慌てて私はその背中へと声をかける。

エリックとアティが、不思議そうな顔をして振り返り、すぐ後ろにいた私を仰ぎ見た。

「沈丁花《ウィンターダフネ》の咲く場所はアティが知っています。アティに連れてってもらってください」

エリック……。なんで知らん場所なのに自分が先導しようとする。悪い癖《クセ》だぞ、それは。

「アティ、エリック様は沈丁花《ウィンターダフネ》の場所を知りません。アティが先を歩いて教えてあげましょう？」

アティも、されるがままじゃなくって、自分が知っている事であれば自分から動けるようになって欲しいな。

私からそう言われた二人は、お互いの顔を見合って一度目をパチクリとさせる。

「えりっく、こっち」

アティはちょいちょいっとエリックと握った手を庭の方へと動かした。

「で、でも、えすこーとはおとこがするものだ……」

エリックは、少しだけ眉根を寄せてその場に立ちすくむ。

ああなるほど。そういう事か。

「エリック様」

私はすかさず、二人の前に膝をついた。

「ここはアティのお家です。アティのお家であれば、エリック様が先を歩く必要はないのですよ。アティに任せましょう?」

エリックは、ある程度エスコートについて説明を受けてるんだろうな。でも、本質的な事は理解しておらず「こうしなさい」と言われたままを、理由も分からず実践《じっせん》しようとしてるだけなんだ。

違うよエリック。エスコートっていうのは男が女の前を歩く事じゃない。相手に合わせる事もエスコートの一つなんだよ。

……それも、少しずつエリックにも伝えていきたいな。

私にそう言われたエリックは、口を尖がらせてムゥという顔をする。不満、というより『そういうものなのか?』という疑問顔って感じ。しかし、拒否《きよひ》はしなかった。

そんな様子を見ていたアティが、改めてエリックの腕をツイツイっと引っ張る。

「えりっく、こっち」

そう言いながら、アティは庭の方へとゆっくり歩きだす。エリックもポテポテという足取りでその後をついて行った。

ふと思い、私は談話室の方へと視線を向ける。

部屋の中には、能面状態のまま立ちすくむイリアスが。アティとエリックが歩いて行ったであろう方向へと冷たい視線を向けていた。

彼の目は死んだ魚のような色をしており、一切《いっさい》の光を反射しない、全てを呑み込む闇《やみ》のような何かがあるように見えた。

婚約《こんやく》と誕生日と

様々な人間にネゴをとっていたら、あっという間に時間が過ぎた。

アティとエリックの本婚約、そして誕生日が目の前に迫《せま》ってきていた。

あとは、最後の締《し》めを行うだけだけれど——。

これが一番厄介《やっかい》だなぁ。

夕飯の後。屋敷《やしき》の中に緩《ゆる》やかな時間が流れ始める頃《ころ》、私はそこを訪《おとず》れた。

侯爵《こうしやく》の書斎《しよさい》だ。

最近、侯爵は屋敷にいるけれど、やはり忙《いそが》しいらしく、かなり遅《おそ》くまで書斎に籠《こ》もって仕事を片付けているようだった。

ノックをするとすぐに返事が返ってくる。

私はしずしずと入室した。

机の奥、沢山《たくさん》の書類に囲まれて座《すわ》る侯爵は、入ってきたのが私だと気づくと、面倒《めんどう》くさそうな顔をした。

あからさまだな、オイ。

「なんだ」

すぐに私から机の上の書類に視線を戻《もど》して、侯爵はぶっきらぼうにそう吐《は》き捨てた。

「あの、アティの本婚約の件なんで――」

「ダメだ」

早いな、オイ。せめて最後まで言わせてくれよ。

「……まだ最後まで申しておりません」

悔《くや》しくてそう食い下がると、更《さら》に、とてつもなく面倒くさそうな顔をして私を睨《ね》め上げた。

「どうせ、一緒《いっしょ》に連れていけと言いたいんだろう。ダメだ」

正解。

くっそう。取りつく島もねえ。

理由を聞いたところで適当にでっちあげられるだけだ。

侯爵がこれ以上機嫌《きげん》を悪くして聞く耳を持たなくなるのも面倒《めんどう》くせェ。

私は本題のみ伝える事とした。

「私が一緒に行けなくても構いません」

そうポツリと告げると、物凄《ものすご》く意外そうな顔をして私をハッと見上げた。

どういう意味だこの野郎《やろう》。

「ただ、その日はアティの誕生日でもある筈《はず》です。なので、アンドレウ邸《てい》でアティの誕生日サプライズパーティを開きたいのです」

「パーティ？」

まさか、私の口からそんな言葉が出てくるとは思わなかったのだろう。

侯爵は手に持ったペンをペン置きに置いて、改めて私の方へと向き直った。

「はい。その日は、アティとエリック様の婚約の記念となるだけでなく、アティの誕生日という記念日です。そこで、アンドレウ邸でお祝いをして欲《ほ》しいのです。実は、その手配は完了《かんりょう》しております。あとは侯爵様の許可をいただければと思いまして」

私がしおらしくそう説明すると、侯爵は顎《あご》に手を置いて少し悩《なや》む。

「おそらく、お食事などをなさると思います。その時に一緒に祝って欲しいだけなのです。いかがでしょうか?」

と、言いつつ。婚約の手続きを行った後、アンドレウ邸で食事会が開かれる事は、家庭教師サミュエルを通じて確認《かくにん》済みだ。

よっぽどアティの誕生日を祝いたくないのであれば断るだろうが。

そうはいかないだろう。アティを、愛しているのであれば。

っていうかさ。

サミュエルにアンドレウ邸の情報を貰《もら》うのと同時に、彼《かれ》にアンドレウ邸にそれとなく『その日はアティの誕生日なんだ』という情報も流してもらったんだよね。

もし正式にそんな話はなくても、家人たちは急に祝いの場が設けられても大丈夫《だいじょうぶ》なように、準備はする筈だ。

「……さっき、『手配は完了している』と言ったな」

侯爵が口を開く。お。いい感じ。あと一押《ひとお》し。

「はい。侯爵様の許可さえいただければ、すぐに準備にとりかかって用意出来るように、必要な場所に話は通してあります。でも――」

私はそこでわざと言葉を切って溜《た》める。

「アティには内緒《ないしょ》にしてあります。喜んで、もらいたくて」

たっぷり情感を込《こ》めて言ったった。

侯爵が、軽く舌打ちしたのが聞こえた。

ははっ。このワードには弱いか？　そうだよな。最愛の前妻にそっくりなアティが、喜ぶんだぞ？

それに。

その場に私が行かないという事は、その手柄《てがら》を、侯爵自身のものに出来るのだ。アティからの株が爆上《ばくあ》がりやぞ？

どうだ？

ダメだって言えるか？

「分かった。私からアンドレウ公爵家《こうしやくけ》へ話をしておく」

やった！

「ありがとうございます」

本当に嬉《うれ》しかったので、私は丁寧《ていねい》に頭を下げた。

侯爵は、許可だけ出すと、もう話題に興味を失ったのか、視線を書類へと戻してしまった。

機嫌を損《そこ》ねて取り消されては嫌《いや》なので、私は大人しくサッサとその場を後にしようと背中を向ける。

その瞬間《しゅんかん》――

「そういえば。サミュエルとの火遊びは順調か？」

そんな冷たい言葉が、私の背中に突《つ》き刺《さ》さった。

……。

………。

…………は？

今なんて？

「私が知らないとでも思ったか？」

侯爵の冷たい声。怒気《どき》を、孕《はら》んでる。

ゆっくり侯爵の方へと振《ふ》り返ると、侯爵は能面で私を真っすぐに見ていた。

「言い訳もしないか」

侯爵がゆっくり机の前から立ち上がる。

両手をダラリと左右に下げて、でも拳《こぶし》を握《にぎ》りしめていた。

「あ、すみません。あまりの驚《おどろ》きで声が出なかったので」

いや、ホントビックリした。

突然《とつぜん》何を言い出すんだコイツは。

サミュエルと火遊び？　つまり、浮気《うわき》してるだろって事だろ？

何処を見てそう思――あ。

あれか。

サミュエルと私の部屋で相談したりした時の事か！

そういや最近は色々ネゴが必要で、都度部屋で相談していたもんな。
そっか、侯爵の耳に入ったかぁ。
マギーが言ってた『それを悪い意味でとる人間もいる』って、この事だったんだ。
誰《だれ》だ！　変な噂《うわさ》流したの‼　全身の骨砕《くだ》いてやろうか‼
しかし。
そうか。
そっか。
そうなんだ。
私は、その事に気づいてしまい、笑いが堪《こら》えきれなくなってきてしまった。
しかし、ここは笑う場面ではない！
必死に笑いを噛《か》み殺す。
しかし、我慢《がまん》すればするほどオカシクなってきてしまう。肩《かた》が！　震《ふる》える‼
「……何がおかしい」
侯爵の声に乗る怒気が強くなる。
私は、なんとか笑いを我慢して口を開いた。
「いえ、まさか、侯爵様が嫉妬《しっと》するなんて思わなかったので……」
あ、アカン。口を開くと笑いが漏《も》れる！
「嫉妬⁉　それは違《ちが》うぞ⁉」
堪えきれずお腹《なか》を抱《かか》えて笑う私に、焦《あせ》りの声を上げる侯爵。

え？　嫉妬じゃないの？

「じゃあ何なのです？」

「お前はっ……自分の立場を分かっているのか⁉」

「立場？」

私が首を傾《かし》げると、侯爵の頬《ほお》にカッと赤みが差す。

「お前は私の妻だろうが！」

そう叫《さけ》ばれて、私はキョトンとした。

……ああ、そういう事か。

変に期待して損こいた。

勿論《もちろん》忘れてはいなかったけど、改めて侯爵の口から言われると違和《いわ》感が凄《すご》い。

「ああ、そうですね。一応、肩書《かたがき》は」

取り敢《あ》えず頷《うなず》いておいた。

「肩書は⁉」

「ええ、肩書は。でも、私は貴方《あなた》の妻ではありませんよね？」

そう切り返すと、侯爵は驚いた顔をした。

そんな事言われると思っていなかったんだろう。

顔に『？』を浮《う》かべている。

「……いや？　お前は、妻、だろう？」

私が自然と否定したので、若干《じゃっかん》自信がなくなったかのような声になった。

なので、私は極上《ごくじょう》の声で伝えてあげた。

「貴方は、私を、セルギオスの血を残す為《ため》のただの腹だと、そう、言いましたよね？　それって、『妻』と、言いますか？」

極上の笑《え》みも、顔に浮かべている。

「『妻』とは、人間ですよね？　人生の伴侶《はんりょ》の事だ。ですが、貴方は、私を、人間として見た事はありますか？　意思のある人間として」

一度言葉を切り、スッと呼吸してから続ける。

「屋敷に閉じ込め、情報も与《あた》えず。貴方はただ、私を『置いている』だけですよね？　違いますか？」

私は極上の声と極上の笑顔のまま、そう締めた。

ええ。

怒《おこ》ってるからね。

侯爵は、少し目を泳がせている。

言葉を探しているようだ。

何か思い当たったのか、改めて私を見た。

「お前には、何不自由ない暮らしをさせているではないか」

「私がそれを望みましたか？」

彼の言い分など、即行《そっこう》で蹴散《けち》らした。

「確かに。美味《おい》しいご飯と温かくて美しい屋敷。それをご提供いただけているのはとてもありがたい事です。本当にありがとうございます。しかし――」

私は、声を落とした。

「でもそれは、私にとっては、人間の尊厳と引き換《か》えられる事じゃない」

私はハッキリと言い切る。

「私が自然にいられるのなら、馬小屋で寝泊《ねと》まりでも構わない。浮気を疑うのは結構。でも、アンタが怒ったのは私がアンタの意にそぐわず『勝手に動いた』からだろう？　自分を拒否《きょひ》した分際で と気に食わなかったんだろ？」

私が自主的に動くのは、そういったシモの話が絡《から》む時だけだと思ってんのか？　舐《な》めてんじゃねえぞ。

「自分の前でだけは常に発情してて自分がヤリたい時にヤレて、必要ない時はその存在感を消していて、自分が欲しい子供を都合がいいタイミングで産んでくれる、子供の前では貞淑《ていしゅく》で母性溢《あふ》れた、そんな女が欲しかったんだろ？　いや、そんなの女ですらねぇな。子宮がある女の形をした肉、だ」

そこを指摘《してき》すると、侯爵は息を詰《つ》まらせた。

図星かよ。お前は毎回図星指されても反省しないんかい。

それに気づいた時、今まで以上の猛烈《もうれつ》な怒《いか》りが湧《わ》いてきた。

「私には意思も脳味噌《のうみそ》もあんだよ。見下すのも大概《たいがい》にしろよ。お前何様だ？」

最後にそう、吐き捨てた。

もう、ここにいるのも嫌になってきたので、その場に言葉も出せず立ち尽《つ》くす侯爵に背を向けて、さっさと部屋を出て行く事にした。

と。

これだけは言っておかなきゃ。

「一応、言い訳しておくと、サミュエルは私では出来ない根回しやネゴをやってくださいました。私には人望も立場も権限もありませんからね。何処でアティに聞かれるか分からないので、私の部屋で相談していただけです。貴方は私を見るとヤル事しか考えないようですが、サミュエルはしっかりと、アティの誕生日会の為に尽力《じんりょく》してくださいましたよ」

ちゃんと浮気は否定しないとね。

これでサミュエルの立場が悪くなっても寝覚《ねざ》めが悪い。

それだけを告げて、私は書斎を後にした。

ヤツの反応は見なかった。

物凄く胸糞《むなくそ》悪かったから。

しかし。

正直、少し、ガッカリした。

彼に『お前の妻を人間扱《あつか》いしろ』と言っていたつもりだったけど、伝わってなかったんだな。

私の言葉は、彼には何にも響《ひび》いてなかった。

――いや、分かっていた。

男として生まれて、男として育ち、男の中で生活していたら、殆《ほとん》どみんなそうだ。

生まれながらにそうである為、多少言われたぐらいでは、その価値観を変える事は出来ない。特に、権力のある男は。

多分、ずっと、変わらない。

本人が、その価値観に疑問を持たない限り。

たとえ、さっきのようにハッキリ言ったとしても、私の真意は伝わらない。

ナチュラルに、『妻には意思がある』と、そう考えた事もないのだろうし。

私の方が変なのだと、そう思って終わりだろう。

せめて、アティに対してはそう思って欲しくないけれど、それは可能なのだろうか?

私は、疲労《ひろう》の為重い足を引きずって、自分の部屋へと戻って行った。

＊＊＊

「覇気《はき》がないですね。何か変な物でも拾い食いしました?」

アティの部屋に朝のお迎《むか》えに行った時の事。

アティの準備を終わらせた子守頭《こもりがしら》のマギーが、ボソリとそう呟《つぶや》いた。

ああ、昨日もアティと一緒に寝《ね》なかったからね。それでそう思ったのかな?

私は、胸に飛び込んできたアティを抱《だ》き上げ、そのまま頭皮の匂《にお》いをクンカクンカしていた。充《じゅう》電《でん》充電。もうこの匂いがないと、私生きていけない。生きたくない。生きるに値《あたい》しない。

「ひろいぐいした?」

マギーの言葉を真似《まね》して、キュルンっとした顔で私を見つめるアティ。

んもう! 落ち込む時間もくれないいんかーい! こんなん元気になるに決まっとろーがっ!!

「拾い食いしてないよー。今は食べる事に困ってないからねー!」

れは。

「……困ったらするんですか」

小声でマギーがツッコミを入れてきた。

するよ。困ってたらね。何でも食べるよ。傷《いた》んでなければ。腐《くさ》ってたらお腹壊《こわ》すからちょっとそれは。

「それで。どうだったんですか？　例の件は」

マギーが明確な言葉は使わずに確認を取ってくる。少し心配げな顔だ。

ああ、そうか。侯爵に了解《りょうかい》を取るって話はしてたからね。私の反応を見てダメだったのではないかと心配してるんだ。

「大丈夫。ＯＫ貰ったよ」

私が昨日の結果を伝えると、彼女《かのじょ》は目に見えて安心し、かつ、少しだけ嬉しそうな顔をした。

誕生日会について彼女の協力が取り付けられた成果はデカかったなぁ。私では、アティの好みは分からないし、かといって料理部から聞く事も出来ないし。マギーからヒアリングを行ってもらったら、面白《おもしろ》いぐらい簡単に情報が集められた。……悔しいけどね。

また、彼女はアティにサプライズでパーティを開けるという事についても、顔には出さなかったけれど、凄く喜んでいる事が分かった。

聞いた話によると、過去の誕生日会は、少し豪華《ごうか》な食事をアティは独りで食べて、侯爵から送られてきたプレゼントを開封《かいふう》するだけの、ただの儀式《ぎしき》のようなモノだったらしい。

そんなんじゃつまらないよねぇ。

マギー自身もアティに何かしてあげたかったようだけど、子守の立場では特別な事をするのが許されなかったらしい。

今回もマギーはアンドレウ邸に同行する。

今年は思いっきり祝えるのだ。

本当に嬉しそうだった。

……私は行けないけどねー。

えー？　別にー？　悔しくなんか……ないんだからねっ‼

「だから、私の代わりによろしくね、マギー」

「言われなくても」

私がちょっとイジケつつ強がりでそう言うと、即行で返された。若干、被《かぶ》せ気味だった。ホント、敬意は払《はら》われなくなったね。いっそ清々《すがすが》しい。

「よろしくねー」

今度は私の口調を真似て、アティがマギーにそう笑いかけた。

マギーの顔が綻《ほころ》ぶ。

ああ、やっぱり、マギーはアティの事を可愛《かわい》がってる。

このまま、変に歪《ゆが》まずにアティを大切にしていって欲しいな。

まだ、油断は出来ないけれど。

「ああ、そういえば。頼《たの》まれていた服、届きましたよ。部屋に届けさせてありますから」

「ホント⁉　やった！」

マギーの言葉に、私は飛び上がらんばかりに喜ぶ。

とうとう届いたよ！　新しい男装用の服が！　やったね！

「それはそうと。どうするんです？　あんなモノ」

三人で食堂へ向かう道すがら、マギーは変な顔をして私を見る。

うん。男物の服など、どうするんだよって話だよね？

男装するからだよ！　などとは言えない。言えるワケがない。

「ちょっと他で使う用事があったから。ありがとうマギー」

用途《ようと》は濁《にご》して、取り敢えずお礼だけ述べておいた。ツッコミだけは勘弁《かんべん》。

何か思うところがあったのかもしれない。微妙《びみよう》な顔をしたマギーだったが、何も言わずにいてくれた。

ごめんね、マギー。協力してくれたのに本当の事を言えなくて。

言ったら……スッゴイ目で私を見そうだしねー。ウチの母みたいに。

さて。

事前準備は出来た。

あとは、当日を待つばかり。

私は、全《すべ》てが上手《うま》くいくよう、それだけを考えて気持ちを引き締めた。

＊＊＊

「いってらっしゃいませ」

私は、家人たちと共に深々と頭を下げた。

今日はアティとエリックの本婚約の日。

侯爵に伴《ともな》われたアティは、こちらを何度も振り返りながら車に乗り込んだ。

やめて。そんな寂《さび》しそうな顔するの。攫《さら》って逃《に》げたくなる。私にはその行動力があるからね？　逃げていいんか？　ダメだろ。ダメだ。アティの為に我慢。

アティの様子に気づいたマギーが、アティと手を繋《つな》いでくれたのは嬉しい。

——本来、手を繋ぐのは侯爵にお願いしたいトコだけど、それは難しいのかもしれない。

侯爵とアティ、マギーが乗り込んだ車と、サミュエルが乗り込んだ車が屋敷の敷地《しきち》から出て行った。

それが見えなくなるまで屋敷前で見送り——。

さてと。

そろそろ、こっちも準備を始めるか。

結局最後まで、私は本婚約に同行は許されなかった。

だからね。

予定通り勝手に行くよ。男装してセルギオスになってな。イリアスが手ぐすね引いて待ってる場所にアティを送り出すってーのに、私が家で大人しく待つワケもなく。

今日は裏からアティを守るぞっ！

部屋に戻っていそいそと男装して準備する。

そして窓から脱出《だっしゅつ》し、厩舎《きゅうしゃ》から馬を（勝手に）借りて早速《さっそく》アンドレウ邸へと向かった。

さて。本番はこっからだ。

油断せずに行かないとね。


今度は迷わずにアンドレウ邸に辿《たど》り着く事が出来た。

また馬を見えない場所に隠《かく》し、アンドレウ邸の敷地内に侵入《しんにゅう》する。

人に見つからないように、私はコッソリと敷地内を移動して屋敷の方へと向かった。

移動中、これからの事を考える。

私の目的は、偏執《へんしゅう》少年イリアスの魔《ま》の手からアティを守る事。

出来れば、これを機にイリアスからの脅威《きょうい》がなくなると嬉しい。しかし、それは難しいだろう。

イリアスの記憶《きおく》がトぶまでボコる、なんて事も許されないしなぁ。

まぁ、先の事は置いておくとして。取り敢えず今回の危険を避《さ》ける事だけに集中しよう。

その為の準備はした。

あとは、成功する事を祈《いの》るだけだ。

イリアスが行動を始めると思われるタイミングは、本婚約後、無事終わって人々が油断している時だと思われる。前回もそうだった。顔合わせが終わり、大人たちが油断して子供だけで奥庭《おくにわ》で遊んでいる時を狙《ねら》われた。

だから、それまではまだ少し時間があると思うけど——気は抜《ぬ》けない。

一応、サミュエルとマギーには、基本出来るだけアティから離《はな》れないように、とお願いはしているが、一瞬も油断しない、なんて事は無理だろうし。

アンドレウ邸の屋敷近くまで忍《しの》び寄った後、私は周りを見渡《みわた》す。

誰もいない事を確認し、私は荷物からアンドレウ邸の男性使用人用のジャケットを取り出して羽織り、鍵《かぎ》の開いている窓から屋敷の中へと滑《すべ》り込んだ。

サミュエルに手に入れてもらった例のジャケットは、古くなって破棄《はき》される予定だったものを譲《ゆず》り受けたものだそうだ。古ぼけていてサイズオーバーだけどまぁ仕方ない。

これで、ぱっと見怪《あや》しくは見えない筈だ。伊達《だて》メガネもかけたし。これですぐには『前回の怪しい男』とはバレないはず。まぁ、時間稼《かせ》ぎにしかならないかもしれないけど。

アンドレウ邸の中にサラッと侵入した私は、堂々とした足取りで屋敷内を歩いた。

途中《とちゅう》、何人かのメイドとすれ違ったが、一瞬目を止められるだけで咎《とが》められたりはしなかった。

侵入、成・功☆

さて。問題は場所だよな。

この屋敷、バカでかすぎんだよ。全部を探してたらキリがない。

特別な構造をしてなければ、基本アティたちは一階にいる筈だ。

取り敢えず近くの部屋を片《かた》っ端《ぱし》から耳を当て中の音の確認から始めた。

「あの……何をなさっているのです？」

ドキーン‼

そう背中に声をかけられ、口から心臓《しんぞう》が飛び出るかと思った。

驚いて振り返ると、プレゼントと思《おぼ》しき包み紙をいくつも持った可愛らしい年若いメイドさんが、キョトンとした顔で私を見ていた。

私は慌《あわ》てて佇《たたず》まいを直し、精悍《せいかん》な（※当者比）笑みを浮かべて誠実な物腰《ものごし》を作った。

「実は新人で。屋敷の内部の事をまだ把握《はあく》しておらず、何処が会場なのか分からないので調べておりました。勝手に扉《とびら》を開けて中の様子を窺《うかが》う事も出来ず……不躾《ぶしつけ》かと思いましたが、中の様子を外から窺って、部屋の場所を特定しようとしておりました」

少しはにかみつつ、恥《は》ずかしそうにそう言うと、メイドさんはクスクスと笑っていた。

「そうでしたか。私も新人なんです。分かります。お部屋いっぱいあって最初戸惑《とまど》いますよね」

ああ可愛い。アティとは違った、でもまだ純朴《じゅんぼく》さと少女っぽさを残した可愛さ。

しかも、相手に共感してくれる謙虚《けんきょ》さまで。

オッサンどころかオバサンもイチコロだよこんなの。

「あ、もしよろしければ、お手伝いしましょうか？」

私は、メイドさんの腕《うで》いっぱいに抱えられた荷物を見て、スッと手を差し出す。

しかし、メイドさんは困ったような顔をした。

「でも、ご迷惑《めいわく》は……」

「あ、じゃあこういうのはどうです？　私が荷物を半分持つ。そして、貴女《あなた》はそのお礼に部屋まで案内してくれる、というのは」

私はバチコンと一つウィンクを飛ばす。

すると、メイドさんは顔をポッと赤くしてビックリし、それからまたクスクス笑い始めた。エクボが可愛いね。

「はい。じゃあお願いします」

少し申し訳なさそうなメイドさんから殆どの荷物を受け取り、アワアワした彼女に催促《さいそく》して、部屋へと案内してもらった。

よし。

これでパーティ会場へは潜《もぐ》り込める。

あとは……事が起こるのを待つだけだ。

私は、笑顔の下に決意を秘めて、廊下《ろうか》をゆっくり歩いていった。

＊＊＊

パーティはどうやら、大広間《サルーン》で開かれるようだった。

大広間に入ると、そこでは忙《せわ》しなく使用人たちが働いていた。

元々豪奢《ごうしゃ》な造りの部屋に、子供向けな飾《かざ》りが施《ほどこ》されている。

風船や垂れ布、どうやったんだか知らないけれど、天上から星に見立てたクリスタルが沢山ぶら下げられていた。

すげぇな。マジ、すげぇな。予想を遥《はる》かに上回る凄さだなオイ。

こりゃ、随分《ずいぶん》とアンドレウ公爵は気張ったなぁ。

自分の息子《むすこ》の誕生日でもないのにここまでやるとは。

それとも、エリック自身がそうけしかけたか。エリックには『私の代わりに』と念押ししたからなぁ。『だんちょうのめいれい！』って張り切っても不思議じゃない。可愛いヤツめ。

まぁそうだとしても。アンドレウ公爵はカラマンリス侯爵に恩を売るチャンスだ。豪華にすればするほど、カラマンリス侯爵は売られた恩がデカくなる。

まぁ、なんとなくそれが分かってて、アンドレウ邸に情報流してもらったんだけどね。

男同士の見栄《みえ》の張り合いと恩の売り合いは、ハタから見てて滑稽《こっけい》なもんだ。

今回はありがたいけど。

サプライズパーティは、本婚約の後に開かれるであろう食事会の後にでも、ちょびっとやるかと思ったけど。

これは、食事会とサプライズパーティを同時開催《かいさい》だな。

そりゃ盛大《せいだい》になるわ。

ああ、この場に母として参戦したかったなぁ……。

アティがめちゃくちゃ驚いて喜ぶ姿を、すぐ近くで見れた筈なのに。

……マジあの侯爵、ふっざけんないつかシメる。

部屋に案内してくれたメイドさんに丁寧にお礼を言い、私は沢山いる使用人の中に交じってパーティの準備に参戦した。

予想通り、アンドレウ邸には沢山の男性使用人がおり、私一人が増えたところで誰も怪しまなかった。忙しいのもあってか、指示を素直《すなお》に聞いていたら誰も気にも留めない。

それをチャンスとばかりに、私は大広間の状態を隅《すみ》から隅まで確認していった。

披露宴《ひろうえん》形式と立食を兼《か》ね備えた形式だなぁ。

部屋を半分に分けて、片方には丸テーブルと椅子《いす》がある。そこには既《すで》に皿等がセッティングされてあった。

もう半分はスペースが空けられていて、そこで各々《おのおの》立っての会話を楽しめるようになっている。もしかしたらダンスの時間もあるかもしれない。

私は、テーブルの位置で大体誰がそこに座るのかを予想した。

イリアスは今回あんまり関係ない立場だが、エリックのお付きとなると傍《そば》に控《ひか》えるだろう。座る席があるとしたら、エリックのすぐ近くだ。

アティはおそらく同じテーブル。……イリアスに近いな。

もし。

もしイリアスが、「自分がやった」と疑われる事なくアティに何かするならば、おそらく――。

私は、パーティ中のイリアスの行動パターンをいくつも想定して、頭の中に叩《たた》きこんだ。

いつでも来い。

アティは必ず守り抜いてやるからな。


どれほどの時間が過ぎたころか。

気づくと、大広間が沈黙《ちんもく》と緊張《きんちよう》に包まれていた。

そろそろアティが来るんだ。

そう思うと、私も物凄く緊張してきた。

この緊張は、剣術《けんじゆつ》大会の比じゃないね。あっちはむしろウキウキワクワクして浮き足立ってたなあ。武者振《むしやぶ》るいがしてジッとしてられなかったね！　アレは楽しかった。

私は使った食器などを下げる役目を仰《おお》せつかった。人に近寄っても怪しまれない。やったね。

部屋の隅で待機する。

手にはクラッカーを持たされた。

そして、大広間の入り口を注視する。

使用人たちが息を潜《ひそ》めるのが分かる。

沈黙により、廊下を歩くコツコツという靴音《くつおと》が聞こえた。

来る。

私はクラッカーの紐《ひも》を持った。ドキドキし過ぎてアティが入ってくる前に紐引きそう!!

手が滑らないか、そっちも違う意味でドキドキするー!!

足音が、扉の前で止まる。

私も息を止める。

扉が少しずつ開かれた。

そこには、不思議そうな顔のアティの姿が。

その瞬間――

「四歳《さい》のお誕生日おめでとうございますアティ様ー!!」

そんな歓声《かんせい》と共に、そこ此処《ここ》で鳴らされるクラッカー。

飛び散るキラキラとした紙吹雪《かみふぶき》と紙テープがアティへと降り注いだ。

私もタイミングを合わせてクラッカーの紐を引く。

パァンという小気味良い音が響いた。

「……」

アティはビックリ顔で固まっている。

まさか、こんな事が起きるなんて予想もしてなかったのだろう。

動けなくなってる！　お目目がまん丸やぞ！　そんなアティもメチャクチャ可愛いぞっ‼　天敵《私》と不意に遭遇《であ》ってしまった時の実家の猫《ねこ》みたいだよっ‼

アティが固まって動けなくなってしまったので、大広間に不思議な沈黙が降り立った。

みんな、アティの反応待ちだ。誰も言葉を発せない。

その時。

「誕生日おめでとう、アティ」

固まったアティの肩にそっと手を置いて、侯爵が膝《ひざ》をついてアティの顔を覗《のぞ》き込んだ。

暫《しばら》く固まっていたアティだったが、部屋に集まった使用人たち、美しく飾られた部屋、そして、傍にいる侯爵の顔を順々に見て——顔をクシャリと歪ませた。

「おとうさまぁ」

アティが、フニャフニャとした泣き声を上げて侯爵の首に抱きついた。

アレは嬉し泣きだ。ビックリして嬉しくて感情が爆発《ばくはつ》してしまったんだ。

そんなアティを、侯爵は優《やさ》しく抱きしめた。

ああん羨《うらや》ましい‼

あの抱きつかれる役目は私がやりたかったァー‼

でも。

この日でアティが喜ぶ姿が見れたんだから、ヨシとしよう。ちょっと遠いけど。

私は拍手《はくしゅ》を贈《おく》る。

すると、それに釣《つ》られてそこここから拍手が上がり、やがて大喝采《だいかっさい》となった。

「さぁ、まずは席に着こうではないか。婚約も無事相成った事と、アティ嬢《じょう》の誕生日を祝おう！」

侯爵の後ろから出てきたのは、この屋敷の主人アンドレウ公爵。

その横には、ほっぺたを真っ赤にして興奮するエリックが。

そして、その後ろには偏執少年イリアスの姿があった。

アンドレウ公爵のその声で、入り口にいた人々が大広間へと入ってくる。

さあ、本番はここからだ。

主要人物や来賓《らいひん》メンバーが席に着くと、飲み物が次々にサーブされる。

使用人たちが入り乱れる中、私は一点を凝視《ぎょうし》して動かなかった。

ヤンデレ攻略《こうりゃく》対象、アティをのちに殺す男、イリアス。

彼は、エリックの隣《となり》――アティのほぼ向かいに座っていた。

手は届かない範囲《はんい》。

しかし、アティの動きを逐一《ちくいち》確認出来る場所。

私は、イリアスの一挙手一投足に注視した。

と、動いた！

近くの使用人に声をかけ――席を立つ。

席の前で後ろを向いて待っている。

何を？

あ、なるほどそうか。

私は、私からイリアスが見えるが向こうからは私の姿が物陰《ものかげ》になって見えにくい場所へ移動する。

そして、彼の手元に注目した。

シャンパングラスやシャンパンボトルが行き交《か》う中、イリアスは紫 色《むらさきいろ》の飲み物を受け取る。

ジュースだ。子供用の。

彼は、二つのグラスを上から持って受け取り、テーブルに置いて持ち直してから、一つをエリックの前に置いた。

エリックが即行で飲もうとしたので、イリアスは耳打ちして飲むのをやめさせる。エリック偉《えら》いよく我慢した。

そして、その足でアティの方へと近寄り、彼女の前にもう片方のグラスを置いた。

アティはグラスを両手で抱え、自分の方へと引き寄せる。

その時、隣に座ったサミュエルと、後ろに控え立つマギーがアティに耳打ちした。

乾杯《かんぱい》まで待つんだよ、そう言われたのだろう。

アティはグラスから手を離して、それでもジュースからはジッと目を離さず大人しく座っていた。

いい子ッ‼

飲み物がサーブされ終わるころ、沈黙が降り立つ。

すると、シャンパングラスを持ったアンドレウ公爵が立ち上がった。

「今日というめでたい日に集まってくれてありがとう――」

なんだか偉そうにスピーチを始めたが、私はそんなもの聞いちゃいなかった。

イリアスとアティの動きに集中する。

二人から視線を外さず、サーブテーブルに置かれていたシャンパンボトルを手に取り移動した。

さりげなく動いてマギーとサミュエルの背後に回り込む。

そして二人の背中にそっと囁《ささや》いた。

「振り向かないで聞いて。アティにそのジュースを飲ませないでください。乾杯が終わったら、飲み物を交換《こうかん》して。交換したモノは何処かにやらず、手元に置いといてください」

私の声に、二人の背中がビクリと動いた。しかし言われた通り振り返らない。

「サミュエル、聞こえたらシャンパングラスをこちらに」

そう言うと、サミュエルはグラスを手に取った。私はそのグラスにシャンパンを注ぎ足す。

そしてそこから更に移動した。

「――それでは皆様《みなさま》」

アンドレウ公爵の言葉が最後の締めにかかる。

私は目的の場所へ辿り着き、タイミングを窺った。

「乾杯！」

「「乾杯ー！」」

人々が、グラスを掲《かか》げて唱和した。

その瞬間――

ドンッ！

「うわっ」

私にぶつかられたイリアスが、手にした飲み物を溢《こぼ》して狼狽《うろた》えた。

周りは乾杯の歓声に包まれている。この様子に気づいてる者は少なかった。

私は、後ろから駆《か》け寄ろうとしてきたメイドを手で制する。

そして片膝《かたひざ》をついて、袖口《そでぐち》をジュースで汚《よご》してしまったイリアスにチーフを当てた。

「申し訳ありません、イリアス様」

私は濡《ぬ》れた彼の手を拭《ふ》く。

しかし、彼は焦った様子で、私ではなくアティの方に注目していた。

チラリとそちらを見ると、サミュエルに耳打ちされたアティは、大人しくテーブルに座ったまま、
マギーから新しいジュースを受け取っていた。

交換前のグラスは、しっかりとサミュエルの手の中にある。

「チッ」

イリアスが、小さく舌打ちしたのを聞き逃《のが》さなかった。

「イリアス様、お着替《きが》えなさいましょう」

私は、イリアスの手を掴《つか》んで彼を立つように促《うなが》した。

「そんなの別に——」

「お前は——」

そう言いかけた彼が、私の顔を見てハッとする。

「イリアス様、さあ、こちらへ」

彼の言葉に被せて、有無《うむ》を言わせず手を引いて席を立たせた。

膝をついた私より背の高くなった彼を見上げて、

「お前のした事、全部見た。ここでお前にあのジュースを飲ませて、お前がしようとした事を明るみに出す事も出来る。どうする？」

彼にしか聞こえない声でそう囁く。

すると、彼はギリリと歯軋《はぎし》りしたが抵抗《ていこう》はしなかった。

私は笑顔で立ち上がり、

「どうぞこちらへ」

彼の背中を押して、大広間の外へと出て行った。

＊＊＊

「……僕《ぼく》をどうする気ですか？」

誰もいない部屋に入り扉を閉めた時、振り返ったイリアスがそう怯《おび》えた口調で漏らす。

「……下手な芝居《しばい》は結構です、イリアス様」

私は、そんな彼を冷めた目で見下ろしていた。

「そんな、下手な芝居なんて……僕は脅《おど》されたから怖《こわ》くてついてきただけです」

彼はそう演技を続けた。

——ああ、彼は私に似てる。

この場面、サミュエルが最初に私に詰め寄ってきた時と重なるわ。

イリアスはきっと、言い逃れようとするだろう。

私ならそうする。

自分をか弱い存在に見せて、可能であれば穏便《おんびん》に事を済ませるつもりなんだ。

処世術だな。

——自分が無力なのだと実感してる者の、せめてもの足掻《あが》き。正面からぶつかると弾き飛ばされるから、相手の隙《すき》を突いてスルリと逃れて先へ進む為の、手法。

でも、私は自分の悪事を隠す為になんか使わない。

「アティに渡《わた》したジュースに、毒を仕込みましたね。見ましたよ。わざわざ、グラスを上から持って。その時に掌《てのひら》に忍ばせていた薬を入れましたね」

手品師がよく使う手だ。

「毒なんてそんな——」

「じゃあ先程《さきほど》のジュース、飲んでいただけます？」

私がそう詰め寄ると、怯えた表情を消したイリアスはヤレヤレといった風に肩を少し怒《いか》らせてから落とした。

演技をヤメたか。

「そんな事をわざわざ僕がやる理由はありますか？」

あ、開き直った。

「貴方の言う事を聞かなきゃならない理由なんてないですよね？」

まぁね。確かに。

「引き摺《ず》ってって、僕の口に無理矢理ジュースを突っ込む事も出来るでしょうが、しないですよね？——カラマンリス夫人」

彼は目を細め、酷《ひど》く嗜虐《しぎゃく》的な色を浮かべた。

……やっぱりな。

私が男装して現れるって、分かってたな。……分かってて、それでもアティに毒を仕込むとか。末恐《すえおそ》ろしい。たとえ私がいたって私では止められない、もし止められて自分の行動がバレたとしても、言い逃れられるって思ってるって事だな。どんだけの胆力《たんりょく》だよ。

「貴方はアティの誕生日をぶち壊したくないハズだ。だから、パーティを止めるような事はしない。僕をここに連れてきたのもそれが理由でしょう？」

十一歳とは思えぬ澱《よど》みない喋《しゃべ》り。

コイツ、やっぱり頭の回転が速い上に、もっと幼い頃からこんな事ばっかやってたんだな。

油断ならない——が、勿体《もったい》ない。

この能力を他の事に使えば思ったように生きられる筈なのに。

なんで個人に執着《しゅうちゃく》しなきゃ生きられないんだろう。

「それに」

イリアスが、子供らしく可愛らしかった唇《くちびる》を横に引き上げてニヤリと笑った。

「ここで僕が騒《さわ》げば、困るのは貴方だ」

正解。

うわっ。性格悪っ。

「あのジュースだって、僕が毒を仕込んだ事を貴方以外誰も見ていない。だから、貴方が入れたのだと僕が騒げば、その通りになる。――事実がどうであれ、ね」

まぁ確かにねー。

この屋敷での信頼度《しんらいど》は、イリアス少年の方が抜群《ばつぐん》にある。

「そもそも。貴方はここで正体がバレたら、マズイですよね」

最後に性悪少年は、そう締めた。完全に勝ち誇《ほこ》った笑みを浮かべて。

私は、ポリポリと頬をかく。

「……毒を仕込んだ事は認めるんですか」

さっき確かに言ったよね。『僕が毒を仕込んだ事を貴方以外誰も見ていない』って。

イリアスがジュースに何か入れたのは分かったけど、それが毒である確信はなかった。

……ホントに入れやがったのか、コイツ。

「うん。まぁ、この場ではね。でも、ここを出たら、僕はシラを切って貴女に罪を被せますよ」

さっきのヤバイニヤリ顔を消して、彼は子供らしいにこやかな笑顔でそう言い切った。

んー。参ったなぁ。

本人、全然悪びれてない。

これは由々《ゆゆ》しき問題だ。

悪事が他人にバレて後悔《こうかい》や反省をしてくれたなら、まだ更生《こうせい》の余地があったと思うんだけど。

コイツ、自分がやった事ややろうとした事が、悪い事でありマズイ事であり許されない事だと、思ってない。これっぽっちも。

自分の欲望が全て。社会性ゼロ。

十一歳でコレはマズイ。

どうするか……。

私は自分の手を見てグーパーさせながら呟いた。

「……イリアス様は、指紋《しもん》、てご存じですか？」

「指紋？」

頭が良いであろうイリアスも、私と同じように自分の掌と指を見た。

流石《さすが》に知ってるか。拇印《ぼいん》押すしね。

「人間の指には、模様がありますよね。コレ、人によって違うんですよ。同じ指紋を持つ人間は存在しません」

たとえ、一卵性の双子《ふたご》でも指紋は違う。

「人の指からは皮脂《ひし》が分泌《ぶんぴつ》されている為、何かに触《さわ》ると、その指紋の跡《あと》が残るんですよ。特に、硬《こう》質《しつ》でツルツルした面には、ね」

そう、例えば、ジュースが入ったグラスとか。

「指紋は、例えば灰などの細かい粒子《りゅうし》を振りかけて吹《ふ》くと、指紋の形に灰が残り、目視出来るようにする事が出来ます」

そこまで言うと、イリアスの顔色が露骨に変わったのが分かった。

私が何を言わんとしているのか、気づいたのだろう。

「ご存じの通り、私はあのグラスには指一本触《ふ》れていません。手袋《てぶくろ》もしていませんから、私が触っていない事を証明出来ます」

私は自分の手をヒラヒラさせてから、ゆっくりと下ろした。そして、真っすぐに少年の顔を見る。

「――で、貴方は、どうですか？」

少年は、私を目を見開いてガン見していた。

勿論、彼も手袋をしていない。

つまり、今サミュエルが確保してくれているグラスには、イリアスの指紋が残っている。

「そ……そんなの、僕が触った証拠《しょうこ》にしかならない」

彼は焦り始めた。

思った通りに事が運ばなかった為だろう。

これぐらいの事で慌てるようではまだまだだなぁ。

「まぁ、貴方の証拠なんてどうでもいいんですよ。貴方がやった事を、あの場にいる人々に暴露《ばくろ》したいワケじゃないのでね。私もやっていないと言い訳が出来ればそれでいい」

私は本音を漏らす。

そう、私の目的は、イリアスを晒《さら》し上げる事ではない。

すると、私の言葉に安心したのか、ホッとした顔をするイリアス。

「じゃあ、僕も今日は手を引く。だから、お前も正体をバラされたくなきゃここで――」

「貴方が私の正体をバラしたところで、私はさほど困らない」

私は、彼の目を真っ直《ます》ぐに睨みつけて、ハッキリそう告げた。

彼は驚きの顔を見せる。

私が、正体を何としてもバラされたくないと、信じていたようだ。

そんなワケない。

「まぁ確かに咎められるでしょうね。侯爵夫人が男装してまで屋敷に忍び込んで何をしてたんだ、と。アティのサプライズパーティに参加したかったんだと言えば、それで終わりですよ。多少、怒られて自宅謹慎《きんしん》を言われてそれで終了《しゅうりょう》です」

頭オカシイ扱いはされるかもしれないけれど、既に若干されてるし、そんな扱いをされたところで、私は大して気にしない。そうじゃなくったって外に出してもらえないワケだし。

「で……でも、その上で僕が、貴女が毒を仕込んだと騒げば――」

それでもなおイリアスは言い募《つの》ってくる。私は苦笑《くしょう》して小さく首を横に振った。

「アティは女の子ですよ？　後妻の私が男児を産めば、立場なんて簡単にひっくり返ります。わざわざアティを殺さなくったって、爵位《しゃくい》を継《つ》げないアティが私の脅威にはなりえない事を、殆どの人間は分かっているでしょう」

ま、ホントはアティ以外の子供を持つ事なんて、今は考えられないけどな。でもそれをイリアスも、他の人間たちも知らない。知ってるのは侯爵だけ。いや侯爵自身も、私が単純に『抱かれたくないだけ』と勘違《かんちが》いしてそうだしな。

「私は継母《ままはは》です。継子《ままこ》を害しても、『だろうな』と思われて終わりです」

義理の親が義理の子供を愛さないのは当たり前、なんて考えが普通《ふつう》って認識されている事の方が、私には理解出来ないけどな。

私は、自分が産んでなくっても、自分の意思でその子を迎えたワケじゃなくっても——。

私の娘《むすめ》は、全力で愛すよ。

「まぁ、後々面倒でしょうけれどね。それでも——」

私の目に、ある感情が湧いてきた事に気づいたのだろう。

イリアス少年が、震え始めた。

「——構わない。アティの命が脅《おびや》かされ続ける事に比べたら。なんて事はない」

私は、後ろポケットに手を入れる。

イリアスが、身体《からだ》をビクリと震わせた。

「幸いな事に、ここには誰もいませんね」

私は、うっすらと笑みを浮かべて、一歩前に出る。

それに合わせて、イリアスが一歩後ろに下がった。

「病気を治療《ちりよう》する時は、対処療法ではなく、根本療法が基本ですよね。問題解決も、同じです」

もう一歩前に出た。

彼はまた一歩下がる。が、その背中が、部屋の壁《かべ》にぶつかった。

「こ……ここで僕を殺したら、他の人間に見つかってお前もタダじゃすまないぞ!」

恐怖《きようふ》の表情で私を見上げるイリアス。

無理なのに、なんとか後ろに下がろうと身体をモゾモゾさせている。

私は、笑った。

「やだなぁイリアス様。私が証拠を残すとお思いで?　血も出さずに殺す方法がある事も、貴方もご存じでしょう？　頸椎《けいつい》を、折ればいいんです。痛いと感じる前に死にますよ」

「でも、死体が……」

「そんなの、すぐに持ち去ればいい。今はパーティの真っ最中。騒ぎに乗じれば誰も気づかない。あとはバラバラにして砕いてすり潰《つぶ》して飼料にすれば、存在した痕跡《こんせき》はこの世から消えます。簡単に」

『存在した痕跡がこの世から消える』

この言葉を私が発した瞬間、彼の視線が泳いだ。

焦点《しょうてん》が定まらなくなった目で、空間をキョロキョロする。

「やだ……」

突然、顔を真っ青にして、先程とは比べ物にならない程ブルブルと身体を震わせ始めた。

「僕はここにいるんだ……」

立っていられなくなったのか、頭を抱えて床《ゆか》に膝をつく。

え、何どうしたの!?

ヤバイ、脅しが効きすぎちゃったかな!?

たとえ頭が良くっても、十一歳の子供に聞かせる話じゃなかったかな!?

「僕はここにいるのに！」

小さな身体から発せられたとは思えない大絶叫《ぜっきょう》。

「ちょ……イリアス様!?」

もしや、騒ぎ立てて私を犯人や怪しい人間に見立てて追い出す算段なのかと思ったが、どうも様子が変だ。

「お願い消さないで僕を消さないでここにいるから……僕を見てよ……僕はここにいるんだから、お願い、消さないで……」

イリアスが、床に突っ伏《ぶ》しながら、小さな声でブツブツと念仏のように呟き続ける。

その言葉に、若干の既視感《デジャブ》を感じた瞬間――

「ここにいた！　いりあす！　ぷれぜんとみてー‼」

部屋の扉がバタンと開き、そこからオモチャの剣《けん》を持ったエリックが顔を覗かせた。

「エリック様！　ダメだ今は――」

私が慌てて、部屋に入ってこようとするエリックを制しようとしたが。

油断した私より、イリアス少年の方が動きが早かった。

扉の前に立つエリックに向かって走り出すイリアス。

その手には、キラリと光る飛び出しナイフが握られてるのが見えた。

扉の前でキョトンと立ち尽くすエリック。

イリアスが半狂乱《きょうらん》となり、飛び出しナイフを手にして飛びかかった。

「エリック様、受け身ッ‼」

私がそう叫んだ瞬間、エリックは瞬時にその場でコロリと前転する。

よくやったエリック！　自主練が効いてる！　良い反応速度！　団長は嬉しいぞっ‼

エリックを掴《つか》まえようとしていたイリアスの手が空を切る。

その手を掻《か》い潜《くぐ》って前転したエリックは、起き上がって不思議そうな顔をしてイリアスの方を振り返った。

私はすぐさまエリックの手を引っ張って引き寄せ、私の後ろへと隠す。

イリアスが、ナイフを手にユラリと振り返った。

目の焦点は合っていない。

その姿を見て、先程感じた既視感《デジャブ》の正体がハッキリした。

コレ、乙女《おとめ》ゲームで見たイリアス攻略のバッドエンドの流れと同じじゃないか。

イリアスルートはエンド回収の為にしかやってなかったから、すぐに思い出せなかった。

イリアスと乙女ゲームの主人公が愛を誓《ちか》い合った時。

それまでのイベントで、一度でも他の攻略キャラとの恋愛《れんあい》イベントを見ていると、バッドエンドに突入《とつにゅう》するんだよね。

『もう、俺《おれ》以外見なくて済むように、一緒に逝《い》こう』

とか言われて、腹刺されるんだよ。突然。

その後イリアスも自殺して心中エンド。

もうビックリの展開だったよ。

そんな鬱《うつ》展開乙女ゲームに入れんなコラァ！　と、コントローラー投げた思い出が蘇《よみがえ》る。

ついでに思い出した事が。

そうだそうだ。イリアスの過去だよ。

イリアス、コイツ確か母親と思っていた女に殺されそうになったんだよな。

しかも、元々イリアスは母親から望まれて生まれたんじゃないんだ。

イリアスの家には長い事子供が生まれなかった。そこで、イリアスの父親は愛人を作って子供を産ませようとしたんだけれども——そのやり方がマズかった。

とある貴族の令嬢《れいじよう》を半ば強引《ごういん》に連れ去り、本人が嫌がるのを構わず——。

母親が屋敷にほぼ軟禁《なんきん》された状態でやっと生まれてきたのがイリアスだった。

イリアスが生まれてすぐ、産みの母親は放逐《ほうちく》された。

用が済んだ、という事だろう。

父親の本妻であるイリアスの義理の母は、そんな経緯《けいい》で生まれたイリアスを疎《うと》ましく思ってた。

そしてある日——イリアスは母親に毒を盛られた。殺されそうになったのだ。

母が初めて自分の為に淹《い》れてくれたお茶だと喜んだのも束《つか》の間——イリアスは死の淵《ふち》を彷徨《さまよ》った。

なんとか生き残ったイリアス。普通の健康と引き換えに。

義理の母はその事件がキッカケで離縁《りえん》され、父親は後妻を貰った。

すると、呆気《あっけ》なく弟が生まれた。イリアスの腹違いの弟。

イリアスの父は、一度殺されかけて身体を弱くしたイリアスより、健康な弟を溺愛《できあい》した。また、母親も当たり前のように我《わ》が子だけを溺愛。

跡目《あとめ》も、弟の方に継がせると公言するようになった。

イリアスの存在意義が否定されたのだ。

そこから、彼は兎《と》に角『自分を見て欲しい』と渇望《かつぼう》するようになる。

それが、彼がヤンデレた理由。

まぁ、元来の偏執的な傾向《けいこう》もあるとは思うけどね。環境《かんきよう》だけで、人は病的な犯罪者にはならないから。

しかし。

イリアスの父親もひでぇなぁ。いらない子だというなら、子供を欲しがってて確実に愛してくれそうな夫婦《ふうふ》に養子に出せばいいのに。

この世界、養子に出したり貰ったりは貴族間ではままある事だ。男なら尚更《なおさら》。

ウチにも話は沢山きたよ。貧乏人《びんぼうにん》の子沢山《こだくさん》を地で行く貧乏貴族だったから。でも、ウチは妹たちを養子には出さなかった。両親はそれぞれみんな愛してくれたし。私もベロベロに可愛がったし。

なのにイリアスの父は手放す事はせず、あまつさえあわよくばとエリックの教育係としてアンドレウ邸に突っ込むんだから。

嫌なヤツ。マジ、嫌なヤツ。病気でヤツれて苦しんで天に召《め》されろ。

思い出してから。

イリアスを同情の目でしか見る事が出来なくなった。

彼も、哀《あわ》れな人生を歩いてきたんだ。まだ十一歳の少年の身には、酷すぎる運命だ。

でも。

だからといって、アティを害していい理由にはならない。

エリックにナイフを向けてフラフラと近寄るイリアス。

私はため息一つ、足を振り上げた。

キィン！

イリアスが手に持つナイフを蹴《け》り飛ばす。

そして、呆然《ぼうぜん》と立つイリアスの胸《むな》ぐらを掴んで引き寄せ、部屋の中に引き摺り込んだ。

「いりあすどうした？」

私の後ろで、エリックが状況《じょうきょう》を呑《の》み込めずキョトンとしている。

「ちょっと待っててくださいね」

私はイリアスの胸ぐらを掴んだまま引き摺って部屋を移動する。

そして、部屋の隅に飾られた花瓶《かびん》から花を取り出して、
バシャっ！

イリアスに頭から花瓶の中の水をぶっかけた。

「っ⁉」

その冷たさに、我に返るイリアス。手からポトリとナイフを落とした。

私は目の焦点を自分に向けた事を確認してから、その手を離す。

「気づいた？　今、お前、何しようとしたか覚えてる？」

私は膝をついて、辺りをキョロキョロ見回すイリアスの目を真っ直ぐに見つめた。

「僕は……ええと……」

状況を理解していないイリアスに、私は右手を振り抜く。

パチン！

軽くだったが、イイ音がした。

イリアスは、殴《なぐ》られた左頬を押さえてビックリした顔をする。

「お前、今、そこのナイフでエリックを刺そうとしたんだよ」

その言葉に、床に転がるナイフに目を落とすイリアス。自分のポケットをまさぐって、それが自

分のだと気づいたようだ。

「僕……そんな……」

彼は、自分の手を覗き込んで身体を小さく震わせていた。

「いりあす、ぶたれた！　だんちょうなにすんだ！」

私の後ろでエリックがプンスカと怒りの声を上げる。私の背中にオモチャの剣を振り下ろそうとしたので、それを手で止めた。

「オモチャでも、人の背中に向かって剣を振り下ろすな。そもそも剣は、誰かを守る為に使うんだ。復讐《ふくしゅう》の為に振るうんじゃない」

私が静かな怒声《どせい》をあげると、エリックはピャッと小さくなった。

エリックの行動に、イリアスは目を潤《うる》ませる。

そんな彼の顎を、私はガシッと鷲掴《わしづか》みにした。

「感動してんじゃねぇぞ小僧《こぞう》。お前、そんな敬愛するエリックを殺そうとしたんだぞ？　そんな危険な奴《やつ》を、エリックの傍に置いておけると思うのか？」

そう尋《たず》ねると、しばしの逡巡《しゅんじゅん》のち、イリアスは首を横に振った。

「でも、お前はエリックの傍にいたいんだろ？　だから、婚約者になろうとしていたアティにランタン落としたんだろ。――自分の、立ち位置が脅かされると思って」

無言で頷くイリアス。まぁ、顎掴まれてるし、口をぶにゅっとされてるから喋れないってのもあるんだろうけど。

「誰かに必要とされたい、誰かに存在を認められたい。その気持ちは分かる」

兄が病気がちだったので、私は比較的放置《ひかくてきほうち》されて育った。男でもない私は家督《かとく》も継げない。目をかけられない寂しさは、私も一部理解出来る。

まぁ、そのお陰で好き放題出来たんだけどね。

「だからといって、その相手の周りから人を排除《はいじょ》して自分だけに視線を向けさせようとするのは間違ってる。そんな事をしたら、お前とその相手の周りには、誰もいなくなってしまう。それに、もし世界にお前と相手二人だけになったとしても、相手が自分を見てくれる保証なんて何処《どこ》にもない」

私の言葉に、イリアスの顔が険しくなった。

それでもいい、そう言いたげだ。

「それでもいい、とでも思ってるんだろうが、さ。お前の考えの何がダメなのか、お前自身気づいてないだろう」

私はヤレヤレと溜息をつく。

もう、この話、別の人間に何度したか分からんなぁ。

「お前、エリックの事を『自分を見てくれる存在』としか認識してねぇんだよ。相手の意思無視してんの。相手が何を望んでんのか、考えた事ある？」

そう言うと、彼は目を見開いた。ホラな。こんなんばっかり。

「お前は相手を愛してんじゃなくて、ただ存在を認める首振り人形が欲しいだけなの。自分の存在をただ肯定《こうてい》してくれる、自動応答機能が欲しいだけ」

だから、彼は自分の家庭教師や家人を次々にクビにしていったのだ。

中には、イリアスの偏執傾向に気づいて進言してきた人間もいただろう。

でも、彼はそれを自分が否定されたと思って排除してきたのだ。

それでは、社会性は育たない。

社会には、自分の考えとは違う人間も沢山いる。意見が衝突《しょうとつ》する事もあるだろう。

自分の周りにＹＥＳマンだけを揃《そろ》えて、狭《せま》い世界に閉じこもっていてはいけない。

そもそも、コイツは将来、この国を動かす宰相《さいしょう》の地位に就《つ》く可能性があるのだから。

国に多様性がなければ、やがて衰退《すいたい》して滅《ほろ》んでしまう。様々な意見を取り入れて、時代に合わせて柔軟《じゅうなん》に対応して変化していかなければならない。

彼は、そのスキルを手に入れる必要があるのだ。

「それに、お前は相手は誰であれ構わないんだよ。だって、相手の選択肢《せんたくし》を奪《うば》ってきたんだから。お前自身がそのうち、エリックから鞍替《くらが》えする可能性もある」

時間が進んで、乙女ゲームの主人公が現れたらよ。呆気なくコイツはその子に鞍替えするんだから。つまりはそういう事。

イリアスの身体から、完全に力が抜けている事に気づいたので、私は手を離す。

彼は、ヘナヘナと床にへたり込んだ。

「じゃあ……どうすればいいんだよ……」

力なく、そう溢すイリアス。

狂気《きょうき》の色はもはやすっかり抜け切っていた。

うーん。

まぁ、そうなるよなぁ。

確かになぁ。

ここら辺は難しい問題だよなぁ。

私は腕組《うでぐ》みして考える。

気づくと、私の後ろで恐縮《きょうしゅく》していたハズのエリックも、私のマネをして難しい顔をして腕組みしていた。出来てないけど。胸の前で腕クロスしてるだけやん。しかもお前、フリだけで何も考えてないだろ。そこが可愛いが。

私は首を捻《ひね》る。散々考えて、私は頭に浮かんだ一つの考えを伝える為に、口を開いた。

「イリアス様、貴方実は……自分の事あまり好きではないのではないですか？」

自分を見て欲しい、自分を肯定して欲しいって、つまりは承認欲求の表れだよな。

それって、自己承認が出来ないから、他者承認に依存《いぞん》するんだ。

彼の場合、そのやり方が最悪なだけで。

「自分に自信がないから、他人に認められたいのではないでしょうか？」

苦し紛《まぎ》れに捻り出したワリには、的を射てるんじゃね？

だってさ。

誰からも認められないんだもん。そりゃ自分でも自信はなくなるわな。

人は幼い頃に沢山の人に囲まれて、その意見や考え、行動を見たり見られたり、賛同を得たり否定されたりして、アイデンティティを構築していく。

だけど、誰もその行動に何も言ってくれなかったら？

良いも悪いも判断がつけられない。つける為の言葉も行動も周りから貰えないのだから。

自信を持つには、誰かに肯定されなければならない。

自己肯定感が強ければ自分で肯定出来るが、自己肯定感は、まずは幼い頃に身近な存在に肯定される事によって培《つちか》われる。

存在を否定されて育ったイリアスは、自己肯定感が低いんだ。否定されなくても、都度都度弟と比較《ひかく》され、貶《おとし》められてきた。

だから、比べられて選ばれる自信がない。自信がないから相手の周りにいる、自分から視線を逸《そ》らさせてしまう可能性がある人を先に排除する。

彼は、そうして生きてきたんだ。そして、これからもそう生きていくハズだった。

乙女ゲームの中では、確か宰相候補だったよなぁ。弟は――確か、何か罪を犯《おか》して流刑《るけい》になったとか。

……ああ、コイツの差し金か。ホントヤバいヤツにしかならんな。

しかし……。

「イリアス様には、そのずば抜けて良い頭脳があるのに。勿体ない」

私は、そうポツリと呟いた。

だってさ。たった十一歳で策略を巡《めぐ》らせて、自分が怪しまれないよう立ち居振る舞《ま》う事が出来るんだよ？

これって他の人間には真似出来る芸当じゃないよなぁ。

私が十一歳の頃は何してたかな……うん。勇者や騎士《きし》になりたくて剣を振り回してた。アホだったなぁ。

世の中の仕組みを、これっぽっちも理解してなかった。

かたやこっちの偏執少年イリアスは、自分が子供である事を逆手に取って相手を油断させる事までするんだから。

末恐ろしい子。

「頭脳……？　僕が、頭が良い？」

呆然としていたイリアスが、ポツリとそう漏らした。

「そうですよ。自覚なかったんですか？」

そう返すと、彼は視線を巡らせて考え込んだ。

え、マジで？　自分の頭の良さ、気づいてなかったの⁉

ああ、そうか。誰にもそう言われた事がなかったのか。

そんなに無視されてたんか。キッツイなぁ、それ。

「エリック様を見てみなさい。貴方が四歳の頃、こうでした⁉」

引き合いに出して申し訳ないけど、エリックはまぁ少し残念な感じではあるが、素直で可愛らしい、標準的な幼児だ。……頭の良さは微妙だけど、それはこれからでも巻き返せる。多分。きっと。

そうじゃないと困る。

イリアスは、私に名前を言われて意味も分からず誇らしげな顔をしたエリックを見た。

そして……何かを悟《さと》ったよう。

突然、なんだか嬉しそうな色を顔に浮かべ始めたイリアス。

ああ、理解出来たようだ。自分の頭が周りと比較して良いって事を。

「貴方は、素直に努力を続ければ、そのうちエリック様の親友であり片腕となれるでしょう。でもそれは、アティの存在によって脅かされるようなものではありません。アティとイリアス様は違う存在です。エリック様がアティに求めるものと、イリアス様に求めるものは違います」

そう。

違うんだ。

人の周りには、一人しか立てないワケじゃない。

それに、エリックはちょい残念だけど度量の狭い人間にはならない。短絡的《たんらく》だけど正義感も強い。友人を大切にする人間に育つ。心配なんかしなくても、イリアス自身がエリックから離れない限り、エリックは傍に居続けるだろう。

「エリック様が大切にする人を、貴方も大切にすれば、エリック様は更に貴方を信頼《しんらい》します。だから、大丈夫なんですよ」

私は、最後にそう締めた。

結構、イイ感じの事言えたんじゃね⁉

心の中で自画自賛。満足してイリアスを見てみると、なんだかキラキラした目で私を見上げていた。

あれ。

なんでエリックじゃなくて、私をそんな目で見るの？

「セレーネ様」

え。

なんで、そんな熱の籠もった声で私の名前を呼ぶの？　ってか、いつの間に私の名前を。怖っ。

「僕は、もっと貴女に認められるような人間になりたい」

え、いや。

別に。

私に認められる必要、ある？

いや、そこは、『エリックが大事にするなら』の間違いじゃね？

「貴女が、エリックやアティ様を大事になさるなら、僕もします」

ん？

「だから、僕を、認めてくれますか？」

「いや、認めるも何も。もう私はイリアス様を充分《じゆうぶん》すぎるほど認めてますが？」

じゃなきゃ、ここまでしてアティを守りに来ない。

脅威以外の何物でもないやろ。

今回、あらゆる事態が想定出来た。

そんな数多《あまた》起こるかもしれない事からアティを守るなんて、到底《とうてい》出来よう筈もない。

だから、私はサプライズパーティを提案したのだ。

彼が、このイベントで事を起こす事を、敢えて狙って。隙を見せて誘《さそ》った。

散々『私は行けない』とアピールしてたのもそう。私が私の姿のままではアティの傍にいられない、という事を印象付けたかったから。セルギオスの姿で現れるだろうと予測させる事によって、逆に警戒《けいかい》範囲を無理矢理広げさせたんだよ。人は、警戒対象が目の前にいる時はその人だけに集中出来て、隙を狙いやすい。が、私が男性の姿でドコに現れるか分からない、としたから、四方八方を警戒せざるを得なくなり、逆に彼の打てる手が少なくなる。

これが苦肉の策だったんだよ。

「そうですか。嬉しい」

そう言って、頬を赤らめる少年イリアス。

彼の性根《しょうね》を知ってるから、その頬染めも怖いんですけど。普通に見たらいたいけな少年が照れてるように見えるけど、彼だからな。そんな素直な反応だと到底思えない。

「いりあす、てれてる！」

エリックが、キャッキャと喜んで飛び跳《は》ねていた。

私はそんなエリックの頭をポンポンと撫《な》でて落ち着かせる。

まだ、終わってない。

「イリアス様。もう、アティに危害は加えないと、約束してくださいますか？」

そう。目的はコレだ。

アティの敵を根本除去。

それが出来なきゃ、今日までの苦労は水の泡《あわ》だ。

「約束出来ないなら、私は常に、貴方を監視《かんし》しなければなりません。先程言ったように、私は貴方を、いつでも消せます」

と、言いつつさ。将来的には無理になるんだよ。

彼は将来、国の上の方に立つ人間。彼の言葉如何《いかん》で、私を簡単に排斥《はいせき》出来るようになる。しかも、少し不健康だからと言っても彼は男だ。大人になった男性と力比べしたら、私は負ける。確実に。まぁ、全力で抵抗はしますが。

「……僕を、監視？」

イリアスは、その言葉でニヤリと笑った。

え、なんで——あ、しまった！　そういう事か‼

「どうしよう。僕がアティの命を狙い続けたら、貴女は僕を監視し続けてくれるんですよね？」

なんでそういう方向に行くんだよヤンデレめがっ‼

「いえ。面倒くさいので、サッサと始末しますよ。さっき言った方法で」

首の骨折ってバラバラに刻んで家畜《かちく》の餌《えさ》にするって、私さっき警告したよね⁉　したよね⁉　忘れちゃった⁉

「そっかぁ。怖いなぁ。分かりました。もうアティに手出しはしません」

少しガッカリしたような風を装《よそお》い、それでも目に潜む光は絶えさせずにイリアス少年は嘯《うそぶ》く。

「少なくとも、暫くは。約束します。まぁ、気が変わる事はあるかもしれないですが。それは先の事だから、今は分からないですよね」

少年らしい爽《さわ》やかで朗《ほが》らかな笑顔を私に向けてきた。

うっわ、コイツ、マジでタチが悪い。

しかし、ここまで言っているのなら、一応、この場では信用しよう。

「それでは、先にお戻りください。エリック様も。あ、イリアス様は本当に着替えてきてくださいね。水を頭から被ってますから」

私は、二人から離れて頭を下げた。

「だんちょう、いっちゃうの？」

エリックのショボンとした顔。お散歩断られた時の犬みたいな顔をするんじゃない！　私がそういう顔に弱いと分かってての狼藉《ろうぜき》か⁉

「お忘れですか？　私にはアティ様をお守りする役目があります。アティ様から離れすぎました。戻ります。エリック様も、アティ様を守る役目はいいのですか？　ドラゴン騎士団の一員なのに？」

そう言うと、エリックはハッとした顔をした。

お前、忘れてたな？　その設定。

「先程も言いましたが、剣は――」

「けんはだれかをまもるためにふるう！　あてぃをまもるためだ！」

手にしたオモチャの剣をブンブンと振り回すエリック。

私は笑顔で頷いた。

「私は、陰から見ていますからね」

エリックと、そして何よりイリアスに向けて、そう言った。

そして部屋を出て行く。

なんとか、今日の脅威はこれで去っただろう。

本当にイリアス少年が改心してくれていたら、もう大丈夫だと思うんだけど、そこにはイマイチ自信はない。

私は、自分が言った言葉の通り、大広間に戻って、他の使用人たちに紛れてその存在感を消した。

環境《かんきょう》が変わってきた

本当に疲《つか》れた……。

今日はホント、出来事が盛り沢山《だくさん》だったなぁ。

偏執《へんしゆう》少年イリアスの所業を止めた後、大広間《サルーン》に戻《もど》って、ずっと警戒《けいかい》態勢だったサミュエルとマギーに、全《すべ》て終わった事を告げた。

ずっと気を張り続けた二人は、私の言葉を背中越《ご》しに聞いてホッとしていたようだった。

お疲れ様。

流石《さすが》に、イリアスが戻ってきた時にはサミュエルがビクリとしたので、今日はもう何も起こらないからと安心させた。

最低限の注意だけでいいと、付け足したけど。

私は、あまり人前をウロウロすると、いつ侯爵《こうしやく》や他の人間に気づかれるやもしれないと思い、奥《おく》へと引っ込《こ》んだ。

陰《かげ》から暫《しばら》く見守っていたが、イリアスは怪《あや》しい動きを見せなくなった。

むしろ、周りをキョロキョロして誰《だれ》かを捜《さが》している風だった。

……私じゃない事を祈《いの》る。

暫く見守り、パーティも佳境《かきよう》に入ったころ、私は屋敷《やしき》を出て侯爵家へと戻った。

一抹《いちまつ》の不安があったものの、一応、イリアスの言葉を信じて。

そして、もし私がいなくなってからアティに何かしようもんなら、それこそ八つ裂《ざ》きにする事を固く誓《ちか》って。

私の心配をよそに、アティは元気よく戻ってきた。

行った先で誕生日パーティを開いてもらった事、沢山のお祝いの言葉と沢山のプレゼントを貰《もら》った事を、溢《あふ》れる感情と共に説明してくれた。

夜寝《ね》る時も、興奮して全然眠《ねむ》る気配もなく。

正直、私の方が疲れてて、先に眠ってしまったぐらい。

ま、途中《とちゆう》何度も身体《からだ》を揺《ゆ》すられたり、瞼《まぶた》を無理矢理めくられたりして強制的に起こされ、続きをとうとうと語られたけどね。

たまにはこんなアティのワガママに付き合うのも悪くない。と、いうか。ウェルカム。

疲れてなければ、オールナイトでパーティナイッをしたかったけどね。

ムリだったよ……。

ま、途中でアティも突然《とつぜん》電池切れを起こして眠りこけたけどね。

ちょっと目を離《はな》したスキにスヤスヤ眠ってたのはビックリしたよ！　もう‼　散々私を起こしまくってくれたのに、先に寝ちゃうなんてズルいっ‼　寝顔カワイイっ‼


その日以来、アティの周りは落ち着きを取り戻した気がした。

侯爵は、アティとある程度コミュニケーションを取るようになった。

まぁ、食事の時に美味《おい》しいかとか、勉強はどうだとか、何が好きかとか、まるで思春期の娘《むすめ》との会話に困った父親みたいな事を、ポツポツと聞く程度だったけれど、前に比べたら劇的な変化だ。

最初は、アティは侯爵の予想外の行動に困って言葉少なだったけれど、慣れてからは自分からも侯爵に質問を投げるようになっていった。

小さな変化だけど、アティの人生にとっては大きな変化。

私は、そんな二人のやりとりを温かく見守った。

家庭教師サミュエルの教育方針にも変化があった。

当初は小難しい歴史や数学、字の練習とか、そんなんばっかりさせていたけれど、他の事をカリキュラムに取り入れるようになったのだ。

ま、アティから『おうまさんにのりたい！』とリクエストがあったせいもあるけれど。

ピクニックに行った時に、馬に乗ったのがよほど楽しかったようだ。

乗馬を始め、身近な動物の事から植物の事、屋敷で働く人々が何をしているのかや、絵を描《か》いたり工作したり楽器を弾《ひ》いたり。ジャンル問わず様々な事をアティに教えるようになった。

これで、アティの視野が劇的に広くなるだろう。そこから、アティは自分の好きなものや得意なものを見つけられる。

このまま上手《うま》くいけば、凝《こ》り固まったヤバイ女にはならなそうで安心した。

子守頭《こもりがしら》マギーからの当たりは弱くなった。

アティが素直《すなお》に要望を言えるようになってきたからかもしれない。

嫌《いや》なものは嫌、好きなものは好き、少しずつそれを言葉や態度に出すようになってきた。そのせいか、マギーは時に手を焼いて私にヘルプを出してくる事も多くなった。

逆に、私からヘルプを出す事もあったしね。

また、アティは私を見てよく真似《まね》をするようになったのか、自分の事は自分でやりたがるようになった。その日着る洋服を自分で選んだり、自分で髪《かみ》を結びたがったり。

まぁ、慣れないから出来は悲惨《ひさん》なものだったけど、私もマギーも、アティのその率先《そっせん》して動く気持ちを大切にしたくて、メチャメチャ褒《ほ》めちぎった。

最初は満足げだったアティも、マギーが手直ししてくれた綺麗《きれい》な髪アレンジに感嘆《かんたん》し、やり方を教わったりしていた。

アティもマギーも、本当に楽しそうだった。

エリックも、相変わらず定期的にウチに通っている。

勉強もちゃんとやれと言ったら、終《しま》いには家庭教師ごとウチに来るようになったよ。

……アンドレウ公爵《こうしゃく》から目をつけられるから嫌なんだけどなぁ。

でも、キラキラした目で色んな事に興味を持ち、なんでもまずはやってみよう！　というエリックの勢いを削《そ》ぎたくなくて、私はエリックが訪《おとず》れるままにした。

アティとの仲も良くなってきたしね。

最初エリックは『アティは守るべき姫《ひめ》』という感覚で、なんか微妙《びみょう》に一線を引いていたけれど、そこはホラ。まだ子供だから。

二人でよく色んな事をして遊ぶようになった。

お互《たが》い、価値観が違《ちが》って微妙な空気になる事もあったけれど、意見がぶつかる事はままある事だ。

私は二人に、お互いどう感じたのかをなるべく言葉で説明出来るようにさせた。ある程度ね。全部じゃない。まだ語彙《ごい》も少ないし、気持ちを全て言葉にするなんて無理だからね。

それに、無理矢理仲直りはさせなかった。

嫌なものは嫌。許したくない事は許す必要はない。でも、それと同時に、相手の好きな部分や許せる部分も出来るだけ見つけるように伝えた。

ま、そう言いつつさ。私にも、大嫌《だいきら》いでどうしても許せない人間の一人や二人、いるんだけどさ。

二人にはそうなって欲《ほ》しくなくて。

相手の嫌いな部分もありつつ、好きな部分もある。その好きな部分で繋《つな》がり続ける。

それが、将来夫婦《ふうふ》になる二人に必要な事だと思ったから。

問題は。偏執少年イリアスだよね。

エリックにくっついて、勿論《もちろん》ウチにも毎回来た。

しかし、なんか、熱視線を感じるので居心地《いごこち》が悪かった。

……もしかして、エリックから私に、依存《いぞん》対象変えたんじゃなかろうな……。

イリアスは、事あるごとに試《ため》し行動を取るようになった。

私をわざと怒《おこ》らせたり、かと思ったら急に甘《あま》えてきたり。

私が認めてくれるのか、見放さないかどうか、彼《かれ》は不安で何度も確認《かくにん》したくなるのだろう。

根気よく、でもあんまり深入りしないよう距離《きょり》感に気をつけて、イリアス少年に対応した。

嫌な事をされたら、本人を否定せず、彼の行動そのものに抗議《こうぎ》する。甘えてきたら、まぁある程度は甘えさせるけれど、特別扱《あつか》いはしない。

ホント、その塩梅《あんばい》が大変だった……。

イライラしたよ。イライラしたよ！　私も出来た人間じゃないからさァ！　子供がやる事だから
ある程度は我慢《がまん》したけど限界があるよォ!?

その都度その都度、私はイリアスに根気よく言葉で説明した。

人に依存して承認欲求を満たすのではなく、自分で自分の為《ため》に行動を起こしなさい、自分で自分
が満足出来るようになりなさい、自己満足万歳《ばんざい》、と。

どんだけ伝わったのか疑問だけどねー。

頭いいから概念《がいねん》は理解してるだろうけど、まだ子供だから気持ちが追いついてないみたい。

こっちのお守りもしなきゃいけないのか。

こりゃ大変だ……。

ま。

アティの周りの問題は、緊急《きんきゅう》で改善必要な事はなくなった気がする。

少し、安心出来るようになった。

しかし、私自身の問題が、全く解決されていなかった。

アティの事が万事《ばんじ》無問題なら、それでもいいかと思ったけれど、そうはいかなかった。

ですよねー。

ある日、侯爵から呼び出しをくらった。

そこへ赴《おもむ》く時の私の足は、酷《ひど》く重かった。

侯爵に呼び出されたのは、意外や意外。

墓地だった。

ビックリだよ。

なんでよりによって墓地やねん。

墓地に何の用があんねん。埋《う》めるぞって事？　返り討《う》ちにしてやらァ。

侯爵とは墓地で待ち合わせた。

一人で来いとの事だったので、馬を借りてホントに一人で来てやった。危のうございます、と焦《あせ》る家人に、『侯爵様のご希望ですから』って言って、本当に皆《みな》を置いてきてやったわ。

決闘《けっとう》ですか？　受けますよその決闘。

しかし、墓地の入り口に佇《たたず》んでいた侯爵は丸腰《まるごし》だった。

なんだ。

決闘じゃなかった。

侯爵が無言で顎《あご》をしゃくるので、大人しくついて行った。

墓地を奥へ奥へと進む。

そして辿《たど》り着いた先は――。

アティの母、侯爵の前妻の墓だった。

彼は、手にした花を墓石の前にそっと供える。そして膝《ひざ》をつき胸の前に手を添《そ》えて、目を瞑《つぶ》って祈りを捧《ささ》げた。

私はその様子を、後ろからずっと見ているだけだった。

何なんだろう。

墓参りに付き合えと、そういう事だったのかな。

そしたら剣《けん》じゃなくて花を持ってきたのに。先に言ってくれないかなぁ。

なんで、ホント、この男は何も説明しないんだろう。

私をエスパーか何かと勘違《かんちが》いしてんのかな？

随分《ずいぶん》と長い祈りが終わり、侯爵は立ち上がってクルリと振《ふ》り返った。

私を静かに見下ろしている。

私は、侯爵の目的も何も分からなかったので、取り敢《あ》えず黙《だま》って侯爵の顔を見返した。

ガン飛ばしなら負けない。

私から視線を外さず、侯爵は静かに口を開いた。

「今、彼女《かのじょ》に報告をした。何を報告したのか、分かるか？」

分かりません。分かるはずがありません。私はエスパーではありません。

喉《のど》まで出かかった言葉をグッと呑《の》み込む。

そして、言葉を発する代わりに、首を横に振った。

すると、侯爵は少しはにかんだような笑《え》みを溢す。

「今まで苦労をかけてすまなかった、アティを放置してしまってすまなかった、と。そして――」

そこまで言うと、少しだけ言い淀《よど》み、目を泳がせたのち、改めて口を開いた。

「お前の事は永遠に愛している、と」

「はぁ」

何？

私は何を見せられてるの？　何を報告されてんの？

亡《な》くなった前妻の事をノロケられてんの？

それ、わざわざ私に見せる意味ある？

勝手に報告してくれよ。

私に見せる必要、なくね？

嫉妬《しっと》ならしないよ。カケラもな。

「そして、許可を、貰おうと思ってな」

「はぁ」

さっきから、侯爵が何を言いたいのか全然分からない。

ここに至るまでの説明がねぇんだよ説明が。

誰か説明してくれよ。

「新しい妻を、愛する許可を」

「はぁ…………はっ⁉」

今、なんつった？

侯爵は、その言葉を零《こぼ》した瞬間《しゅんかん》から、頬《ほお》を染めて私を見つめている。

やめろ。

そんな目でこっち見んな。

何か期待した目を向けんな。

私は、ジリジリと後ろに下がった。

なんか、身の危険を感じる。

すると、侯爵は朗《ほが》らかでありつつ照れた様子で、ジリジリ近づいてきた。

やめろ、来んな。

「お前の言葉で、改めて自分の考えを見直してみたんだ。確かに私は、お前の事をあのセルギオスの付属としか見ていなかった。意思があるのだと、何度も説いてくれたお陰で、お前という人間を、改めて見つめなおしてみたんだ」

そうですか。それは良かったです。

でも、それがさっきの言葉と何の因果があんねん。

忘れちゃった？

私、お前のイチモツ潰《つぶ》すぞとか、散々言いたい放題だったの、忘れちゃった⁉

私、面と向かってアンタを罵倒《ばとう》したんですけど⁉

私は、ちょっと信じられないモノを目《ま》の当たりにして、頭の中では様々なツッコミが浮《う》かんできたのに、それを上手く言葉に出来なくなっていた。

それだけ、私の頭は混乱していた。

「お前は、何度となく、私のダメな部分を指摘《してき》してくれたな。アティとの関係も、改善してくれた。サミュエルやマギーからの評判も上々だ。少し突拍子《とっぴょうし》もない事をやらかすが、アティを心から愛している、と二人が言っていた」

まぁ、ええ。アティの事は心から愛してますから。可愛《かわい》がってますから。溺愛《できあい》しておりますから。

「アティを愛してくれた。前妻の娘を愛するなど、難しい事なのに。お前はやってくれた――」

いいや、あの子なら誰しもが愛しますよ。その資質は充分《じゅうぶん》持ってました。最初から。

アンタがそれに気づかなかっただけです。

「――私の為に」

「ハァッ⁉」

流石に、今の言葉には反射的に言葉が出てくれた。

何言ってんのコイツ⁉　何処をどう解釈《かいしゃく》したらそうなんの⁉

「私は、アティだから愛しているだけです！　決して侯爵様の為ではありませんけれども⁉」

怖《こわ》い‼

イリアスに自己承認が云々《うんぬん》とか自己肯定《こうてい》感がどうのとか偉《えら》そうに説教した、その報《むく》いなのかな⁉

何このイリアスと対極の考え方！

全ては自分の為だとでも思ってんの⁉　頭沸《わ》いてんの⁉

「私が貴方に散々言ってきたのは、私を愛して欲しいからじゃありませんからね⁉　私を一人の人間として扱えって言ってたんですよ⁉　そこ理解しています⁉」

「ああ。それで、お前という人間を改めて見直して、愛しいと、思ったんだ」

「ナニソレ意味が分からない‼」

人間扱いしろって話から、なんでそんな一足飛びなの⁉

何コイツ、ホント何考えてるのか分からない！　怖いコイツ怖い‼

私は堪《たま》らず、ズザザっと後ろに下がり、剣の柄《つか》に手をかけた。

我慢出来なかった！

全身が拒否《きょひ》反応起こしてる！

そんな私の様子を、侯爵は不思議そうな顔で見ていた。

なんでそっちが不思議そうな顔すんだよ。

オカシイのはそっちだからな！

え⁉　そうだよね⁉　なんか不安になってきたぞ⁉

「受け入れては、くれないのか？」

「はいっ！　無理です‼」

侯爵の言葉を即行《そっこう》で否定した。

むしろ、受け入れてもらえると信じてた事が信じられんわ！

「……分かった。まぁすぐにとは言わない。あんな仕打ちをしていた私を、流石にすぐには受け入れられないのは当然だな」

ふっと、侯爵は鼻で自嘲《じちょう》気味に笑った。

その自分に酔《よ》ってる感じが堪らなく無理！

しかし……。

折角、私の存在が屋敷で認められ始め、アティの身の回りが整ってきたのに、ここで離縁《りえん》されるのは正直痛い。

私はなるべく穏便《おんびん》な言葉を探してなんとか口を開いた。

「わ……私は侯爵様の事はまだ何も存じ上げておりません。確かに子を生《な》すのは女の義務で、愛云々は二の次なのだと教えられてきましたが、私はその考えには正直反対なのです。いや、愛とか恋《こい》とかはちょっとソレは脇《わき》に置いておくとしてですね……ええと」

「ツァニスだ」

「は⁉」

「ツァニス。ツァニス・テオ・カラマンリス。私の名前だ。お前はいつも私を『侯爵様』と呼ぶな。今度からは名前で呼ぶといい。ツァニスだ」

そういえば。

私、侯爵様のファーストネーム、知らなかったな。

興味、なかったから。知りたいとも思わなかったし。

人間扱いしてなかったのは、お互い様だったのかも、しれないな。

「ツァニス様……」

私は、自省の意味を込めて、彼の名前を呼んだ。

すると、まるで花が綻《ほころ》ぶかのような輝《かがや》かしい笑みを侯爵——ツァニス侯爵が零した。

ああダメだ——。

「やっぱ無理ッス‼」

私は、全力で拒否の声をあげてしまった。

そんな私の悲痛な叫《さけ》びは、墓地に虚《むな》しく反響《はんきょう》して、消えていった。

とあるメイドの話

私はカラマンリス邸《てい》でメイドのお仕事をさせていただいている者です。

もう五年になりますでしょうか。

前の奥様《おくさま》の事も勿論《もちろん》存じ上げております。

あれは不幸な出来事でした。

あれから数年が経《た》ち、旦那《だんな》様が再婚《さいこん》なさると聞いて驚《おどろ》きました。

前の奥様と旦那様は、それはそれは仲睦《むつ》まじく、二人だけの世界が展開されていたものですから。

前の奥様が亡《な》くなった時の旦那様の消沈《しょうちん》ぶりは、見ているこちらの胸も痛くなる程《ほど》でした。

だから、再婚などはなさらないだろうと思っていましたが、そうもいかなかったようです。やはり、跡継《あとつ》ぎが必要だったからでしょうか。

新しい奥様は、以前の奥様とは違《ちが》い、良く言えばおおらか、悪く言えば雑なお方でした。いいえ、好きですよ。新しい奥様。

新しい奥様は、屋敷《やしき》に来てすぐ私の顔を覚えてくださりましたから。

普通《ふつう》、私の名前を知らない方は「そこのメイドさん」と声をかけてきますが、新しい奥様は違いました。

「そこのお嬢《じょう》さん」

……最初、誰《だれ》か不届き者が屋敷の中に侵入《しんにゅう》して、ナンパでもしてきたのかと思いました。

奥様は面倒《めんどう》くさがり――いえ、ええと、せっかち――違うな、ええと、適当な言葉が浮《う》かびませんね……なんでも自分でこなしてしまう方ですね。

着替《きが》えも独りでなさってしまいますし、シーツや洗濯物《せんたくもの》はいつも部屋の入り口のところにまとめて置いてありますし。呼びに行く前に来てしまうし――これは褒《ほ》めていませんよね。うーん。兎《と》に角、前の奥様とは何から何まで違いました。

また、奥様は我々使用人の事を「使用人」や「メイド」とは言いません。「家人」と言います。私は最初、この言葉の意味を知らなかったのですが、他の方に教えていただきました。

これは、広義での「家族」という意味なのだそうですね。

少し――いえ、凄《すご》く、嬉《うれ》しかったです。新しい奥様は、旦那様やお嬢様だけでなく、我々まで「家族」の範疇《はんちゅう》に入れてくださっているのだと知ったので。

とても懐《ふところ》の深い人だと感銘《かんめい》を受けました。

……まあ、人の名前を覚えるのは苦手なようですが。

何度か私の名前をお伝えしたのですが、どうやらなかなか覚えられないようで。結局「お嬢さん」と声をかけられますから。「夕焼けのような美しい髪《かみ》のお嬢さん」「ハタキがけがいつも完璧《かんぺき》なお嬢さん」「足音が軽《かろ》やかなお嬢さん」と。

……いえ、不満はありませんよ？　仕方がありません。使用人は沢山《たくさん》いますから。

ただ時々、何処のイケメンにナンパされたのかと、ドキドキしてしまう事があるだけですから。

——イケメンで思い出しました。

前にふと、奥様の部屋からイケメンの殿方《とのがた》が出てきたのをお見掛《みか》けした事があるのです。あれはどなただったのでしょうか？

その日は来客はなかったと思います。来客があるのなら、不思議に思いませんから。顔は奥様に似ていらっしゃった気がするので、もしかしたら奥様のご兄弟だったのかもしれませんね。奥様は確か、ご兄弟が沢山いらっしゃるとお伺《うかが》いした事があるので。

きっと、旦那様は奥様のご兄弟といえど男性が奥様に会いに来るのを面白《おもしろ》く思わなくて、コッソリ会いにいらっしゃったのかもしれませんね。

なので、誰にも言っておりません。多少の秘密はあっても良いと思いますし。

……少し、惜《お》しい気もします。あのイケメンの殿方と、少しお喋《しゃべ》りしてみたい気も——おっと。これは余計な事でした。

そういえば、最近、旦那様の様子がおかしい気がするのです。

再婚なさった当初は、奥様との距離《きょり》があったように感じられたのですが、ある日を境に突然《とつぜん》、奥様にゼロ距離でベタベタ——あ、いえ、ええと、ご執心《しゅうしん》なさっているご様子で。

特に、お嬢様のサプライズのお誕生日があった日辺りだと思います。

口を開けば奥様は何処《どこ》にいる、奥様はどうしている、奥様はと、よく名前をお呼びになるようになりました。

ちょっとウザ——いえ、なんでもありません。

お嬢様は、奥様がいらっしゃってから見違えるように変わりましたね。

前までは、ただそこに『在る』だけの美しいお人形のようでしたが、最近はよくお喋りしますしよく笑います。笑顔《えがお》があんなにお可愛《かわい》らしいなんて知りませんでした。これは奥様ではなくとも可愛がってしまいますね。

ただ一つ心配なのは……どうやら奥様を見習って、馬に乗ったり剣《けん》を習いたがっていると、家庭教師のサミュエル様が子守頭《こもりがしら》であるマギー様にボヤいているのを聞いてしまいました。

確か、奥様はなんだか凄いあだ名をお持ちだとか。いえ、私は存じ上げませんけれども。馬がどうとかなんて、聞いた事ありませんとも。

女の子といえど、多少活発なのは大変よろしいと思いますが、剣は――どうなのでしょうね？　私ごときでは判断致《いた》しかねます。

ああ、サミュエル様、といえば。

正直、私は彼《かれ》の事があまり好きではありませんでした。少し高圧的で、私たちメイドを見下しているように感じておりましたので。

しかし、奥様がいらっしゃってからというもの、その態度が少し軟化《なんか》したように感じます。

何か、あったのでしょうか？

それまでは、余裕《よゆう》そうな態度を崩《くず》さずいつも薄《う》っすら浮かべた笑顔を崩さない方でしたが、いつの間にか色々表情に出るようになった気がします。

まあ、気のせいかもしれませんけれども。

態度が変わったといえば、マギー様も変わったように思います。

確か、彼女《かのじょ》も何処かのご令嬢《れいじょう》だとお伺いしました。そのせいでしょうか。お嬢様の事に関してだけでしたが、他のメイドへの当たりが強かったように思います。

頑《かたく》なだった、という感じでしょうか。誰にも手出しさせたくない、誰も分かっていない癖《クセ》に、という事が伝わってくる態度でした。

しかし、奥様が出しゃば——違った、お嬢様に色々してあげるようになって以来、彼女の肩《かた》の力が抜《ぬ》けたように感じます。

態度のトゲトゲしさはあまり変わりませんが、なんて言うか……余裕が出てきた、そんな感じです。不思議ですね、彼女の中で何が変わったのでしょうか？

変わったといえば。

このお屋敷には、旦那様の関係者以外来る事はなかったのですが。

公爵《こうしやく》子息様と、宰相《さいしよう》子息様がいらっしゃるようになりましたね。

あれには正直驚きました。しかも、お嬢様ではなく奥様に会いに来ているとか。

いつの間に知り合ったのでしょうか？

しかも、お喋りしに来るとかではなく、庭でゴロゴロ転がったり身体《からだ》を動かしたりしておいでです。家庭教師を同伴《どうはん》なさって来る事もあります。

その時には談話室にお通しするのですが、時々奥様の声が外に漏《も》れてくる事があります。奥様の声は通りますから。ただ、何を言ってるのかまでは聞き取れませんが。

「それじゃダメです」とかなんとか。

私にはよく分かりません。

奥様は、悪く言えば嵐《あらし》のような人、良く言えば太陽のような方です。

その場にいる人間に影響《えいきょう》を与《あた》えずにはいられないようです。

勿論、私もです。

お屋敷勤めが楽しくなったのも事実ですから。

次は、奥様が何をやらかす——違った、しでかす——これも違いますね、ええと、やっぱり悪い表現以外が出てきませんね。良い意味で言いたいのですが。

兎に角。

旦那様は、良い方を奥様に迎《むか》えられました。

カラマンリス邸に仕える人間として、心の底から嬉しく思います。

あとがき

この度《たび》は、お手に取っていただき本当にありがとうございます。
WEB掲載《けいさい》時には色々賛否も巻き起こしていた作品ですが、応援《おうえん》し続けてくれた読者様がた、協力してくれた友人たち、そして私のコダワリを、しっかりと形にしてくださった編集者様とイラストレーター様、他、制作に携《たずさ》わってくれた方々。皆様《みなさま》に感謝してもしきれません。本当にありがとうございます。

皆様に足を向けて寝《ね》られません。立って寝るしかないですね。あ、そうすると日本の反対側からも応援してくれた方に足を向けてしまう事になるので、逆立ちして寝るしかありませんね。倒立《とうりつ》しても寝られるよう鍛《きた》えます。期待はしないでください。

引き続き、WEB等で皆様を楽しませられる、そして自分でも書いてて楽しめる作品を書いていきたいと思います。引き続き、ご愛顧《あいこ》の程《ほど》よろしくお願い致《いた》します。

本書は、カクヨムで連載《れんさい》中の「悪役令嬢《れいじょう》の継母《ままはは》に転生したので娘《むすめ》を幸せにします、絶対に。王子？　騎士《きし》？　宰相《さいしょう》？　そんな権力だけの上っペラな男たちに娘は渡《わた》せません。」を加筆修正したものです。

DRAGON NOVELS
ドラゴンノベルス

悪役令嬢の継母に転生したので娘を幸せにします、力尽くで。

2024年7月5日　初版発行

著　　者　牧野麻也《まきのあさや》

発 行 者　山下直久

発　　行　株式会社 KADOKAWA
〒102-8177　東京都千代田区富士見 2-13-3
電話 0570-002-301（ナビダイヤル）

編　　集　ゲーム・企画書籍編集部

装　　丁　ムシカゴグラフィクス

D　T　P　株式会社スタジオ２０５ プラス

印 刷 所　大日本印刷株式会社

製 本 所　大日本印刷株式会社

DRAGON NOVELS ロゴデザイン　久留一郎デザイン室＋YAZIRI

●お問い合わせ
https://www.kadokawa.co.jp/（「お問い合わせ」へお進みください）
※内容によっては、お答えできない場合があります。
※サポートは日本国内のみとさせていただきます。
※ Japanese text only

定価（または価格）はカバーに表示してあります。

ISBN978-4-04-075538-0　C0093